KB044264

벨기에 에세이

형제 브랜웰 브론테가 그린 브론테 자매, 1834년경.
(왼쪽부터 앤 브론테, 에밀리 브론테, 샬럿 브론테)

벨기에 에세이

우리가 함께 쓴 일기와 편지

샬럿 브론테, 에밀리 브론테, 앤 브론테
김자영, 이수진 옮김

믄앤

일러두기

- 이 책은 샬럿 브론테, 에밀리 브론테, 앤 브론테가 남긴 일기, 편지, 에세이를 엮었다. 1부는 브론테 자매가 영어로 쓴 일기와 편지를, 2부는 샬럿 브론테와 에밀리 브론테가 벨기에에 체류하면서 프랑스어로 쓴 에세이를 번역해 실었다.
- 주는 모두 옮긴이의 주이다.

앤 브론테의 죽음에 대하여
On the Death of Anne Brontë

샬럿 브론테

내게는 인생의 기쁨이 거의 없고,
　　　죽음의 공포도 거의 없다;
이별의 시간 속에서 바라보았던
　　　내가 죽어서라도 구하고픈 이.

조용히 사그라지는 숨을 지켜보며,
　　　부디 한숨 한숨이 마지막이기를;
애타는 마음으로 죽음의 그림자가
　　　사랑하는 이목구비 위로 드리우기를.

그 먹구름이, 그 적막이 나를
　　　내 인생의 사랑과 갈라놓겠지;
그러면 하느님께 진심으로 감사드려야지,
　　　그분께 온전히 뜨겁게 감사드려야지;

비록 우리가 잃어버린
　　　삶의 희망과 영광에도;

그럴대도, 어둠에 맞서, 폭풍을 헤치며,
홀로 감내해야 할 지치는 싸움.

• 샬럿은 폐결핵 말기였던 앤의 고통을 잘 알고 있었다. 하루라
도 더 살기를 바라는 게 오히려 이기적인 욕심이라고 생각했
던 샬럿은 죽음이 찾아와 앤이 고통에서 벗어나길 바라는 심
정을 표현했다.

차례

바람 부는 하워스에서

일기

편지

벨기에 에세이

바람 부는 하워스에서

1부 '바람 부는 하워스에서'는 에밀리와 앤이 함께 작성한 초기 글 모음인 '일기 문서(diary paper)'와 에밀리가 쓴 편지, 샬럿이 쓴 편지를 소개한다. 에밀리와 앤은 1834년부터 1845년까지 생일마다 삼 년 또는 사 년 주기로 종잇조각 앞뒷면에 작은 글씨로 빼곡하게 일기를 적었으며 귀퉁이에 그림을 그려 넣기도 했다. 주로 하워스 목사관의 일상과 날씨, 요리하고 먹은 것, 읽고 쓴 글에 관해 이야기한다. 일기의 서명을 통해 두 자매가 함께 작성했음을 알 수 있지만 각자의 목소리를 구별하기는 어렵고, 작성 자체는 에밀리가 도맡았다. 에밀리가 쓴 편지는 현재 세 편만 확인되며 작성 날짜가 확실하지 않다. 샬럿이 쓴 편지는 양이 방대하여 시기에 구애받지 않고 자매들의 일상과 관련된 내용을 중심으로 모았다.

일기 🌸

1834년 11월 24일 월요일

나는 레인보, 다이아몬드, 스노플레이크,˙ 재스퍼(라고 부르는) 꿩에게 먹이를 줬다. 오늘 아침 브랜웰이 드라이버 씨 댁에 갔다가 로버트 필 경이 리즈 대표로 출마 요청을 받았다는 소식을 가져왔다. 앤과 나는 조금 전까지 사과 푸딩을 만드는 샬럿과 견과를 넣어 사과를 구우려는 이모를 위해 사과 껍질을 벗겼다. 샬럿은 자기가 만든 푸딩이 완벽하다고 했는데, 그녀는 빠르기는 빨라도 똑똑하진 않았다. 태비˙˙가 방금 "앤 이리 와서 감자껍질좀버끼

˙ 수년간 하워스 목사관에서 살았던 세 고양이.
˙˙ Tabitha Aykroyd(1777?‒1855). 브론테가에 헌신했던 하인으로 '태비'라 불린다. 현실적이며 예리한 성격으로 요크셔 방언을 썼고, 에밀리는 이 점을 표현하려 했다.

라(감자 껍질 좀 벗겨)"라고 말했다. 이모˙가 부엌에 막 들어오셔서 "네 발이 어디 있는 거니 앤"이라고 하셨다. 앤은 "바닥에요 이모"라고 대답했다. 아빠가 응접실 문을 열고 브랜웰에게 편지 한 통을 건네며 "자 브랜웰 이거 읽고 네 이모와 샬럿에게도 보여주렴"이라고 말씀하셨다. 곤달인들은 갈딘˙˙ 내륙을 탐험 중이며 샐리 모슬리는 뒤쪽 부엌에서 빨래를 하고 있다.

12시가 넘었다. 앤과 나는 말끔하게 챙겨 입지도 않았고, 침대 정리도 안 했고, 공부도 안 했지만 나가서 놀고 싶다. 우리는 저녁으로 삶은 쇠고기와 순무, 감자, 사과 푸딩을 먹기로 했다. 부엌은 잔뜩 어질러져 있다. 앤과 나는 나장조 피아노곡 연습을 끝내지 못했다. 태비는 내가 그녀 앞에 펜을 내려놓자마자 말했다. "거서 빈둥거리지 말구 감자나 좀 까." 나는 "아이고, 아이고, 아이고 당장 하겠습니다요"

• 영국 서남부 콘월에서의 안락한 생활을 포기하고, 엄마를 잃은 브론테 남매를 보살피며 평생 하워스 목사관의 살림을 맡았다.
•• 에밀리와 앤이 만든 상상의 공간.

에밀리와 앤이 1834년 11월 24일에 작성한 일기.
앤의 서명을 제외하고는 전부 에밀리가 작성했다.

라고 대답했다. 그러고는 바로 일어나서 칼을 집어 들고 껍질을 벗기기 시작한다(감자 껍질은 다 벗겼다). 아빠는 산책하러 나가셨고, 선덜랜드 선생님*이 오시기를 기다린다.

앤과 나는 모든 일이 잘 풀린다면 1874년—내가 쉰일곱이 되고, 앤이 쉰다섯, 브랜웰이 쉰여덟, 샬럿이 쉰아홉이 되는 해—에 우리가 어떤 모습일지, 어떤 사람이 되어 있을지, 그리고 어디에 있을지 궁금하다. 그때 우리 모두 잘 지내고 있기를 바라며 우리는 이 글을 닫는다.

에밀리 제인 브론테
앤 브론테

* A. S. Sunderland(1800-1855). 오르가니스트이자 브론테 남매의 음악 선생님.

It is past Twelve o' Clock Anne and I have not tided ourselves, done our bed work or done our lessons and we want to go out to play we are going to have for Dinner Boiled Beef Turnips, potatos and applepudding the kitchin is in every untidy state Anne and I have not Done our music exercise which consists of b major Tabby said on my putting spurs in her tree ye pitter pottering there instead of pilling a peate I answered O Dear, O Dear, O Dear I will derectly with that I get up, take a knife and begin pilling (finished pilling the potatos Papa going to walk Mr Sunderland expected

Anne and I say I wonder what we shall be like and what we shall be and where we shall be if all goes on well in the year 1874 — in which year I shall be in my 54th year Anne will be going in her 55th year Branwell will be going in his 58th year And charlotte in her 59th year hoping we shall all be well at that time we close our paper Emily and Anne

에밀리와 앤이 1834년 11월 24일에 작성한 일기의 두 번째 면.

목사관 응접실. 브론테 자매들은 이곳에 모여 글을 읽고 쓰며,
식사를 하고, 바느질하며, 여러 계획을 공유했다.

1837년 6월 26일 월요일 저녁

4시를 조금 넘긴 시간. 샬럿은 이모 방에서 일하는 중이고 브랜웰은 샬럿에게 『유진 아람(Eugene Aram)』*을 읽어주고 있다. 앤과 나는 응접실에서 글을 쓰고 있다—앤은 "맑았던 저녁과 빛나던 태양"으로 시작하는 시를—나는 「아거스터스-알메다스의 생애(Agustus-Almedas life)」** 1권—끝에서 네 번째 장을. 맑지만 꽤 서늘한 듯 옅은 회색 구름 사이로 햇살이 드는 날. 이모는 작은 방에서 일하는 중이고 아빠는—외출하셨으며—태비는 부엌에 있고—곤달과 갈딘의 황제와 황후는 7월 12일 있을 대관식 준비를 위해 갈딘에서 곤달로 떠날 채비를 하고 있다. 빅토리아 여왕은 이번 달에 즉위하셨다.*** 노생거랜드는 몬시

- · 1832년 출간된 에드워드 불워 리턴의 소설.
- ·· 「아거스터스-알메다스의 생애」에 관해 남아 있는 원고는 없다.
- ··· 빅토리아 여왕(1819-1901)은 1837년 6월 20일에 즉위했다. 에밀리는 어릴 적 또래였던 빅토리아 여왕을 매우 좋아했고, 기르던 거위 두 마리의 이름을 어린 여왕과 그녀의 고모 이름을 따서 빅토리아와 애들레이드라고 불렀다.

에밀리와 앤이 1837년 6월 26일에 작성한 일기.
에밀리는 목사관 응접실에서 글을 쓰고 있는 자신과 앤을 그려
넣었다. 일기에는 접힌 자국이 있어 이들이 일기를 작성한 후
작게 접어 상자에 보관했다는 것을 알 수 있다.

섬에—자모나는 에버섬에 있다.* 아무쪼록 사
년 뒤 오늘 샬럿이 스물다섯 살하고 두 달—브
랜웰은 그날이 생일이니까 딱 스물넷이 될 거
고—난 스물두 살하고 열 달 조금 더, 앤은 스
물한 살하고 반 살쯤 먹는 그때 우리 모두 끈
끈하게 잘 지내고 있다면 좋겠다. 나는 우리가
어디에 있을지, 우리가 어떻게 될지, 그날은
어떤 하루일지 궁금하다. 다 잘될 거라 믿어보
자.

  에밀리 제인 브론테—앤 브론테**

  이모 자 에밀리 4시가 넘었다
  에밀리 네 이모
  앤 음 저녁에 글 쓸 거야?
  에밀리 음 넌 어떤데
  (우리는 일단 나가 보고 안에 있고 싶은 기
  분이 드나 확인하기로 했다)

---

  * 에밀리와 앤이 샬럿과 브랜웰이 만든 상상의 세
    계인 앵그리아 전설(Angrian saga)에서 진행 중인
    사건을 알고 있다는 증거이다.
  ** 서명이 두 개이지만 이 원고는 브랜웰의 스무 살
    생일날 저녁 에밀리가 쓴 것이다.

나는 사 년 뒤 오늘 우리 모두 이 응접실에 편안히 있을 것 같다.

그랬으면 한다.

앤은 우리 모두 편안한 어딘가로 함께 떠났을 거라고 한다.

우리는 그 둘 중 하나이기를 바란다.

이 글은 별일 없으면 앤이 스물다섯 살이 되는 때 아니면 내 다음 생일날 열어볼 것.

1841년 7월 30일

금요일 밤—9시가 다 되었고—비가 세차게 몰아친다—나는 부엌에 홀로 앉아—우리의 책상 상자 정리를 막 마치고—이 글을 쓰고 있다—아빠는 응접실에 계시고—이모는 위층의 이모 방에 계신다—이모는 『블랙우드 매거진』*을 아빠에게 읽어주고 계셨다—빅토리아와 애들레이드는 안락한 토탄 창고 안에 자리를 틀었다—키퍼**는 부엌에 있고—네로***는 우리 안에 있다—샬럿, 브랜웰, 앤은 늘 그랬긴 하지만 내 바람대로 우리 모두 건강하고 활기차며, 샬럿은 로던의 존 화이트 씨 댁 어퍼우드 하우스에, 브랜든은 러든던 풋에 있다—

- 블랙우드 에든버러 매거진. 윌리엄 블랙우드가 1817년부터 발행한 스코틀랜드 월간 정기 간행물.
- 에밀리가 가장 아꼈던 강아지. 에밀리와 키퍼의 강한 유대감은 샬럿의 소설 『셜리(Shirley)』에도 묘사되어 있다.
- 에밀리가 길렀던 매.

에밀리가 1841년 7월 30일에 작성한 일기.
에밀리는 일기 위쪽에 작은 그림 두 개를 그려 넣었다.
왼쪽에는 테이블 위의 '책상 상자'에서 글을 쓰고 있는 자기
모습을 그렸고, 오른쪽에는 창문 옆에 서서 바깥 풍경을
내다보는 모습을 그렸다.

앤은 스카버러에 있는 것 같고—아마 이런 비슷한 글을 쓰고 있을지도 모른다.

　지금으로서는 학교를 세우려는 우리의 계획은 혼란에 빠져 있고—아직 아무것도 결정된 건 없지만 우리의 계획이 계속되어 성공을 거두고 최상의 기대에 부응할 수 있다고 바라고 또 믿는다—사 년 뒤 오늘 우리가 여전히 지금의 상태를 질질 끌고 있을지 아니면 만족할 만한 수준으로 자리를 잡았을지 궁금하다—시간이 지나면 알게 되겠지—
　내 생각에는 이 글 첫머리에 정해둔 때가 오면—우리 즉, 나, 샬럿, 앤—모두 기쁨과 생기로 가득한 어떤 신학교의 응접실에 하하 호호 모여 앉아 한여름의 축일을 지킬 것이다. 우리는 빚도 다 갚고 수중에 상당한 돈을 가지고 있을 것이다—아빠와 이모, 브랜웰은 각각 우리를 보러 왔거나—보러 오는 중일 것이다—그 여름밤은 맑고 따뜻하겠지—이 황량한 풍경과는 아주 다를 거고 어쩌면 앤과 나는 정원으로 슬쩍 빠져나가 우리가 쓴 글을 잠시 훑어볼지도 모른다—나는 이런 것이든 아니면 더 좋은 것이든 현실이 되기를 바란다—

곤달인들은 현재 위태로운 상황에 있지만 겉으로 드러난 불화는 아직 없다―왕족의 모든 왕자와 공주들은 교육궁˙에 있다―가지고 있는 책도 꽤 많으면서―이런 말 하긴 그렇지만 나는―늘 그렇듯이―뭐든 진척이 미미하다―그래도 난 이제 새로운 글을 규칙적으로 쓰고 있다!―무슨 말이냐면 현명한 사람은 여러 말 필요 없이―큰일을 해낸다는 거다―그리고 유배되어 심신이 고달픈 앤에게 먼 곳에서 여러분! 용기를! 용기에 힘을 싣는 목소리를 보내며 이제 글을 맺는다―그녀가 여기에 있었으면 좋겠다―

에밀리 제인 브론테

˙ 상상의 곤달 왕족을 위한 교육 기관.

1841년 7월 30일

　오늘은 에밀리의 생일이다. 그녀는 이제 꽉 찬 스물세 살이 되었고 내 생각에는 집에 있는 것 같다. 샬럿은 화이트 씨 댁의 입주 가정교사이다. 브랜웰은 러든던 풋에 있는 철도역 직원으로, 나는 로빈슨 씨 댁의 입주 가정교사로 있다. 나는 이 일이 싫고 다른 일로 옮기고 싶다. 지금은 스카버러*에 있다. 내 학생들은 잠자리에 들었고 나도 서둘러 이 글을 마치고 자러 갈 거다.

　우리는 학교를 직접 세우기로 생각하고 있지만, 확실하게 정해진 게 아직 아무것도 없고 우리가 할 수 있는 건지 아닌지도 모르겠다. 우리가 해낼 수 있다면 좋겠다―그리고 지금으로부터 사 년 뒤 오늘, 우리 상황이 어떨지와 우리 모두 어디에 어떤 모습으로 있을지 궁금하고, 모든 게 잘 풀린다면 그때 나는 스물다섯 살하고 여섯 달이 될 거고, 에밀리는 스

　　•　영국 잉글랜드 북부 노스요크셔 주 해안 도시.

물일곱, 브랜웰이 스물여덟하고 한 달, 샬럿이
스물아홉 살하고 석 달이 되었을 것이다. 우
리는 이제 다 흩어져서 고단하게 보낼 여러 주
동안 다시 만날 일이 없겠지만 내가 알기로는
우리 중 아무도 아프지 않으며 에밀리를 제외
하고 모두가 먹고살려고 뭔가를 하고 있다. 하
지만 에밀리는 우리 중 그 누구보다 바쁘고 실
제로도 우리가 버는 것만큼 직접 벌어서 먹고
입는다.

　우리는 우리가 어떤 사람인지를 이리도 모
르는지
　우리가 무엇이 될 수 있을지는 얼마나 더 모
르는지!•

　사 년 전 나는 학교에 있었다. 그때부터 블
레이크 홀에 입주 가정교사로 있다가, 일을 관
두고, 소프 그린에 와서 바다와 요크 민스터••
를 봤다. 에밀리는 패칫 양의 학교에서 교사로

•　　바이런의 『돈 후안』 칸토 15 99연 "How little do
　　we know that which we are! / How less what we
　　may be!" 인용.

근무하다가 그만두었다. 샬럿은 울러 양 댁을 떠나 시지윅 부인 댁의 입주 가정교사로 있다가 그곳을 떠나 화이트 부인 댁으로 갔다. 브랜웰은 그림을 접었고 컴벌랜드에서 개인 가정교사로 일하다가 그만두고 철도역 직원이 되었다. 태비는 우리를 떠났고 마사 브라운이 그 자리를 대신했다. 우리는 키퍼를 키우고 있고, 작고 사랑스러운 고양이 한 마리를 길렀다가 잃었고, 매 한 마리도 키우고 있고, 야생 거위 한 마리가 기르던 중에 날아가버렸고 길들였던 야생거위 세 마리 중 한 마리는 죽었다. 이러한 변화와 그 외의 다른 많은 변화는 1837년 7월의 우리가 예측하지도 예감하지도 못했던 일이다―앞으로 사 년 동안 어떤 일이 일어날까? 하느님만 아시겠지―그렇지만 우리는 그때 이후로 변한 게 거의 없다. 나는 그때보다 지혜로워졌고 많은 일을 겪기도 했고 좀 더 침착해지긴 했지만, 그때와 똑같은 단점을 가지고 있다―우리가 이 글과 에밀리가 쓴

•• 영국 요크의 상징적인 성당이자 앤이 가장 좋아했던 장소. 앤과 에밀리는 1845년 6월 30일부터 7월 2일까지 요크로 여행을 떠났다.

앤이 1841년 7월 30일에 작성한 일기.

글을 열어보는 때가 되면 어떨까? 곤달인들이 그때까지도 번영하고 있을지 그리고 그들의 상황이 어떨지 궁금하다―나는 지금 「소팔라 버넌의 일생」 4권을 쓰고 있다―

　꽤 오랫동안 나는 스물다섯 살을 내 존재에 있어서 어떤 획을 긋는 시기라고 생각했다. 그건 진짜 예감으로 드러날 수도 있고 그저 미신 같은 공상에 불과할지도 모른다. 후자일 가능성이 더 커 보이긴 하지만 시간이 지나 봐야 알겠지.

　앤 브론테

1845년 7월 30일,* 목요일, 하워스

내 생일—소나기가 잦고—바람이 부는—서늘한 날—오늘로 나는 스물일곱 살이다—오늘 아침에 앤과 나는 우리가 지금으로부터 사 년 전, 내 스물세 번째 생일에 썼던 글을 열어보았다—모든 일이 잘 풀린다면 지금으로부터 삼 년 뒤인 1848년 내 서른 번째 생일에 이 글을 열어보고자 한다—1841년에 쓴 글 이후로는 다음의 사건들이 일어났다.

우리의 학교 설립 계획은 무산됐고 그 대신 샬럿과 나는 1842년 2월 8일에 브뤼셀에 갔다.** 브랜웰은 러든던 풋에서 하던 일을 그만두었다. 샬럿과 나는 이모가 돌아가셔서 1842년 11월 8일에 브뤼셀에서 돌아왔다—브랜웰은 소프 그린에 가서 가정교사가 되었고 그곳에는 앤이 여전히 일하고 있었다—이것은

- 사실 에밀리는 이 글을 7월 31일에 썼으나 그 전날 자신의 생일 날짜로 작성했다.
- 에밀리와 샬럿은 언어 실력 향상을 위해 1842년 2월부터 벨기에 브뤼셀의 에제 기숙학교에 입학한다. 이때 남긴 글들이 '벨기에 에세이'이다.

1843년 1월의 일이며 같은 달에 샬럿은 브뤼셀로 돌아가서 일 년을 더 머물다가 1844년 새해 첫날에 다시 돌아왔다. 앤은 1845년 6월에 소프 그린에서의 일자리를 스스로 그만두었고 ―1845년 7월에는 브랜웰이 그만두었다. 앤과 나는 우리끼리의 첫 번째 긴 여행을 떠났다―6월 30일 월요일에 집을 나서서―요크에서 묵고―화요일 저녁에는 키슬리로 돌아와서 그곳에서 하루를 묵은 다음 수요일 아침에 걸어서 집에 돌아왔다―날씨가 오락가락하긴 했어도 브래드퍼드에서 보낸 몇 시간만 빼고는 매우 즐거웠으며, 여행하는 동안 우리는 로널드 마셀긴, 헨리 앙고라, 줄리엣 오거스티나, 로저벨라 에스몰던, 엘라와 줄리언 에그리몬트, 캐서린 나바르, 코딜리아 피츠애프널드였고, 이들은 교육궁에서 탈출하여 왕당파에 합류했고 현재 승리를 거둔 공화당원들에게 심하게 쫓기는 신세에 있다―곤달은 지금도 변함없이 빛나며 번영한다. 나는 지금 첫 번째 전쟁에 관한 작품을 쓰고 있다―앤은 첫 번째 전쟁에 관한 글 몇 편과 헨리 소포나에 관한 책을 쓰는 중이다―우리는 이 말썽꾸러기들이 우리에게 즐거움을 안겨주는 한 이

에밀리가 1845년 7월 30일에 작성한 일기의 두 번째 면.
에밀리는 방 안에 강아지 키퍼와 함께 있는 자기 모습을 그렸다.

들 옆에 딱 붙어 있을 생각이며 기쁘게도 지금 이들은 그렇게 하고 있다—지난여름 우리의 학교 설립 계획이 생생하게 부활했다는 이야기를 진작 꺼냈어야 했다—우리는 학교 안내서를 인쇄했고, 모든 지인에게 편지를 보내 우리의 계획을 전했고, 얼마 되진 않아도 우리의 전부를 쏟았다—하지만 이건 안 되는 일이었다—이제 나는 학교 같은 건 조금도 바라지 않고 우리 중 이를 간절히 바라는 사람은 아무도 없다. 우리는 지금 필요한 것을 구할 수 있을 만큼 현금이 충분하고, 자산도 늘어날 것이다.*—우리 모두 몸과 마음이 꽤 건강하다—아빠 눈에 통증이 있다는 점과 브랜웰이 앞으로 더 건강해지고 더 잘하게 되면 좋겠다는 내 바람을 빼면 말이다. 나는 나에게 꽤 만족한다—예전만큼 게으르지도 않고 기운차고 현재를 최대한 알차게 보내며 미래를 기대하는 법을 배웠고 하고 싶은 걸 다 못 할지도 모른다는 조바심도 줄었다—할 일이 없어 애를 먹는다고 해도 그런 일이 극히 드물고 그저 모두가 나만큼

• 에밀리는 브랜웰 이모에게 물려받은 유산을 철도 사업에 투자했다.

The Misses Bronte's Establishment
FOR
THE BOARD AND EDUCATION
OF A LIMITED NUMBER OF
YOUNG LADIES,
THE PARSONAGE, HAWORTH,
NEAR BRADFORD.

Terms.

£. s. d.

BOARD AND EDUCATION, including Writing, Arithmetic, History, Grammar, Geography, and Needle Work, per Annum, ... } 35 0 0

French, .. }
German,.. } .. .. each per Quarter, ... 1 1 0
Latin .. }

Music, .. }
Drawing,.. } .. each per Quarter, ... 1 1 0

Use of Piano Forte, per Quarter, ... 0 5 0

Washing, per Quarter, ... 0 15 0

Each Young Lady to be provided with One Pair of Sheets, Pillow Cases, Four Towels, a Dessert and Tea-spoon.

A Quarter's Notice, or a Quarter's Board, is required previous to the Removal of a Pupil.

브론테 자매들이 작성한 학교 안내서, 1844년.

넉넉하고 나만큼 낙담하지 않을 수 있기를 바라며, 그렇게 된다면 우리는 꽤 살 만한 세상을 누리게 될 것이다―

난 우리가 실수로 이 글을 30일이 아니라 31일에 열어봤다는 걸 알았다. 어제는 오늘과 너무나도 똑같은 날이었지만 아침만큼은 굉장했다―

태비는 우리가 마지막 글을 쓸 때 떠났다가 다시 돌아와서 우리와 함께―두 해하고도 반 년을 지내며 아주 건강한 상태다―마사도 떠났다가 여기에 있다―우리는 플로시*를 기르고 있고, 타이거를 기르다가 잃었으며―거위와 함께 얻었던 매 네로를 잃었는데 네로는 죽은 게 확실한 것이 내가 브뤼셀에서 돌아와서 이곳저곳 수소문해봤지만 네로에 관해서는 아무것도 듣지 못했다―타이거는 작년 초에 죽었다―키퍼와 플로시는 잘 지내고 사 년 전에 얻은 카나리아도 잘 지낸다.

* 1843년에 앤이 학생에게 선물 받은 킹 찰스 스패니얼 종. 에밀리는 항상 'Flossey'라고 썼다.

이제 우리는 모두 집에 있고 얼마간은 여기에 머물 것이다—브랜웰은 화요일에 리버풀에 가서 한 주간 묵을 것이다—태비는 그저 전처럼 "감자껍질좀버끼라"라고 나를 놀린다—맑고 햇볕이 잘 드는 날이었으면 앤과 나는 블랙 커런트를 따러 갔어야겠지. 나는 이제 후다닥 옷 뒤집기*와 다림질을 해야 한다. 할 일과 써야 할 글이 산더미지만 나는 아주 열심히 하고 있다.

온 가족에게 1848년 7월 30일까지, 그리고 가능한 한 더 오래도록 좋은 일만 있기를 바라며 글을 맺는다.

에밀리 브론테

• 종종 옷을 뒤집어 바늘땀이 풀리거나 옷깃이나 단이 해진 부분을 숨겼다고 한다.

1845년 7월 31일 목요일

어제는 에밀리의 생일이자 우리가 1845년[*]에 쓴 글을 열어봐야 했던 날이었는데 그만 실수로 오늘 열어보게 되었다. 그 글을 쓴 뒤로 얼마나 많은 일이 일어났는지─기쁜 일도 있었고 그렇지 않은 일도 있었다─하지만 나는 그 당시에 소프 그린에 있었고 지금은 그곳에서 간신히 탈출했다. 그때는 늘 그곳을 떠나고 싶었고 그곳에서 사 년을 더 보낸다는 걸 그때 알았더라면 얼마나 참담한 기분이었을지─그래도 그곳에 머무는 동안은 너무나도 불쾌하고 꿈에도 생각지 못했던 인간의 본성이란 것을 경험했다─다른 사람들은 더 많은 변화를 겪었다. 샬럿은 화이트 씨 댁을 떠난 다음 브뤼셀에 두 번 다녀왔으며 갈 때마다 일 년쯤 머물렀다─에밀리도 브뤼셀에 다녀왔고 거의 일 년을 있었다─브랜웰은 러든던 풋을 떠나 소프 그린에서 가정교사로 일하며 고초를 겪더니 건강을 잃었다. 그는 화요일에 심

---

[*] 1841년이 맞지만, 1845년이라고 잘못 적혀 있다.

하게 아팠는데도 존 브라운이랑 리버풀에 갔고 지금은 그곳에 있는 것 같다—브랜웰이 앞으로 더 건강하고 잘할 수 있기를 우리는 바란다—음울하고 구름이 낀 습한 저녁이다. 우리는 지금까지 너무나도 춥고 궂은 여름을 보냈다—샬럿은 최근 더비셔의 해서시지에 가서 삼 주간 엘런 너시를 보고 왔다—샬럿은 지금 부엌에 앉아서 바느질을 하고 있다. 에밀리는 위층에서 다림질을 하는 중이다. 나는 부엌에서 불 앞에 놓인 흔들의자에 앉아 난로망 위에 발을 올려놓고 있다. 아빠는 응접실에 계신다. 태비와 마사는 부엌에 있는 것 같다. 키퍼와 플로시는 어디 있는지 모르겠다. 작은 딕*은 제 우리 안에서 폴짝거리고 있다—마지막 글을 썼을 당시 우리는 학교를 세우는 생각을 하고 있었다—그 계획은 흐지부지되었다가 한참 뒤에 다시 시작된 다음에도 또 흐지부지되었는데 그건 우리가 학생을 모으지 못해서였다—샬럿은 다른 곳에 일을 구할 생각이다—그녀는 파리에 가고 싶어 한다—그녀가 갈까? 아무튼 샬럿이 플로시를 안으로 들어오게

---

* 에밀리가 사 년 전에 얻었다고 언급했던 카나리아.

했고 플로시는 이제 소파 위에 누워 있다―에밀리는 줄리어스 황제*의 삶에 관한 글을 열심히 쓰고 있다. 에밀리가 일부를 조금 읽어주었는데 나머지도 얼른 듣고 싶다**―그녀는 시도 몇 편 쓰고 있다. 무엇에 관한 시일지 궁금하다―나는 한 사람의 일생의 흐름을 담은 세 번째 책을 쓰기 시작했다. 그 책을 끝냈더라면 좋았을 텐데―오늘 오후에는 키슬리에서 염색해온 무늬가 있는 잿빛 실크로 드레스를 만들기 시작했다―이걸 어떤 방식으로 만들까? 에밀리와 나는 할 일이 너무너무 많다―우리는 언제쯤 일을 확 줄이게 될까? 나는 일찍 일어나는 습관을 들이고 싶다. 성공할 수 있을까? 우리는 삼 년 반 전에 시작했던 우리의 곤달 연대기를 아직도 끝내지 못했다. 곤달 연대기는 언제 끝이 날까?―지금 곤달 왕국은 애석한 상황에 있다. 공화당원들이 가장 높은 자리를 차지했지만 왕당파가 완전히 망한 것은 아니다―젊은 군주들과 그 형제자매는 아직 교

---

* 에밀리가 만든 강인한 여주인공 아거스터스-알메다스의 남편 또는 애인.
** 자기 얘기를 극도로 하지 않던 에밀리지만 일부 글은 앤과 공유했다.

육궁에 있다—반년여 전에는 유니크 소사이어티˙가 갈딘으로 돌아가던 길에 무인도에서 난파를 당했다—그들은 지금도 무인도에 있지만 우리는 그들을 데리고 그리 많이 놀지는 않았다—전반적으로 곤달인들은 아직 최고의 모습을 보여줄 수 있는 상태가 아니다. 왕국의 상황이 나아질까? 1848년 7월 30일에 우리 모두 어떻게 될지 그리고 어디에 어떻게 자리를 잡았을지 궁금한데 우리가 모두 살아 있다면 에밀리는 딱 서른이 될 것이다. 나는 스물아홉, 샬럿은 서른셋, 브랜웰은 서른두 살일 거고. 우리는 어떤 변화를 만나고 겪게 될까? 그리고 지금의 우리 모습과는 얼마나 많이 달라졌을까? 내가 바라는 건—최소한 나빠지지는 않기—나로서는 지금보다 마음의 생기를 더 잃거나 나이만 먹은 사람일 수는 없다—좋은 일이 있기를 바라며 글을 닫는다.

앤 브론테

• 곤달에 등장하는 집단으로 귀족 가문인 글레네덴(Gleneden)가 출신으로 추정된다.

편지 🌸

엘런* 양에게

'우편 요금 무료'로 편지를 보낼 수 있다는 걸 친절히 알려주신 데 감사를 표하지 않는다면 저는 여간 예의가 없는 게 아닐 거예요.

알려주신 대로 쓰기는 했는데 '다음 화요일'이 내일을 말하는 거라면 테일러 씨와 같이 가기에는 너무 늦을 것 같아 걱정되네요.

샬럿은 집에 오는 것에 관해서는 한마디도 없었어요. 엘런 양이 반년을 보내고 나면 혹시나 샬럿을 데리고 같이 돌아오실 수도 있겠고,

---

• Ellen Nussey(1817-1897). 샬럿의 친구로, 샬럿과 평생 500통 이상 편지를 주고받았다.

그렇지 않으면 샬럿은 여행을 마주할 작은 용기가 없어서 므두셀라* 나이가 될 때까지 그곳에서 하는 일도 없이 먹고 놀기만 할지도 몰라요.

여기는 다들 건강합니다. 마지막으로 나눈 이야기에 따르면 앤도 건강했어요—여기는 한두 주 뒤면 축일이 올 거고 그때 앤이 그럴 마음이 든다면 엘런 양에게 제대로 된 편지를 쓰라고 할게요—물론 제가 단 한 번도 달성하지 못한 위업이죠.

사랑과 평안함이 가득하길 바라며,
에밀리 J. 브론테

• 성서에 등장하는 인물로 969세를 살았다고 한다.

1845년 7월 16일?

하워스

엘런 양에게

샬럿이 한 주 더 머물기를 바라는 거라면*
저희는 샬럿과 의견을 같이합니다. 저는 주일
에는 모든 걸 쉽게 쉽게 가려고요—샬럿이 잘
즐기고 있다니 기쁘네요. 그녀가 다음 한 주를
최대한 알차게 보낸 다음 튼튼하고 활기차게
돌아올 수 있도록 해주세요—

앤과 제가 샬럿과 엘런에게 안부를 전하며,
샬럿에게는 저희 모두 집에서 잘 지내고 있다
고 전해주세요—이만 줄일게요—

E. J. 브론테

* 샬럿은 2주가 아닌 약 3주간 그곳에 머물렀다.

1846년 2월 26일
하워스

엘런 양에게

샬럿이 그곳에서 머무는 걸 놓고 이렇다 저렇다 결정하기에는 이 편지가 너무 늦은 것 같아요—엘런이 보낸 편지는 오늘 아침(수요일)이 되어서야 도착했고 제 편지가 더 빨리 가지 않는 한 엘런이 이걸 금요일까지 받아보지는 못하겠죠—아빠는 말할 것도 없이 샬럿을 그리워하시고 그녀가 돌아온다면 기뻐하실 거예요. 앤과 저도 마찬가지고요—하지만 샬럿은 집을 떠나는 일이 거의 없으니까 엘런이 샬럿을 하루 이틀 더 데리고 있으셔도 되는데 이건 엘런의 말재간이 샬럿을 설득해내는 과제를 감당할 수 있을 때의 말이에요—다시 말해 엘런이 이 허락의 편지를 받을 때 여전히 샬럿과 함께 있는 경우요.

애정을 담아 앤
E. J. 브론테 드림

아빠에게

사랑하는 아빠—이모의 요청으로 저희가 '모든 일이 잘 풀린다면' 금요일 저녁 식사 때쯤에는 집에 있을 거라는 사실을 알리려고 편지를 씁니다. 그때 건강한 아빠의 모습을 볼 수 있기를 바라요. 궂은 날씨 때문에 밖에 자주 나가지는 못했지만 그래도 저희는 읽고, 일하고, 친절한 피넬* 외이모할아버지가 매일 가르쳐주시는 성서 일과를 공부하며 아주 즐겁게 보내고 있답니다. 브랜웰은 사생화를 두 장 그렸고, 저와 에밀리, 앤도 피넬 할아버지가 웨스트모얼랜드에서 가져온 호수 풍경 사진을 보고 한 장씩 그렸습니다. 할아버지는 이 그림들을 전부 간직하실 생각이에요. 피넬 할아버지는 자리 문제로 금요일에 저희와 함께 하워스에 갈 수 없어 아쉬워하셨지만, 조만간

---

* John Fennell(1762-1841). 브론테 남매의 어머니 마리아 브랜웰의 이모부이며 목사로 일했다.

아빠를 만날 수 있기를 바라고 계세요. 모두가 한마음으로 안부를 전하며 아빠의 사랑스러운 딸, 샬럿 브론테 드림

1841년 4월 2일
어퍼우드 하우스

E. J.에게* ─늘 그렇듯 기쁜 마음으로 네가 이번에 보낸 편지를 받았어. 네 편지와 안에 동봉된 것에 대해 너에게 고맙다고 한 줄 써야 겠지만, 안에 동봉된 건 유감이었어─넌 나한 테 그런 큰돈을 보내면 안 됐다고. 어제 앤이 보낸 편지를 받았는데 앤은 잘 지낸대. 나는 걔가 확실한 진실을 말하면 좋겠어. 내가 며칠 전에 앤하고 브랜웰에게 편지를 썼거든. 브랜 웰한테는 아직 소식이 없네. 다른 역으로 옮기 는 게 잘한 일이길 바라. 네 말대로 어찌 됐건 잘 헤쳐 나가는 것 같긴 해.

용기를 내서 화이트 부인에게 하루 휴가를 주실 수 있냐고 부탁까지 하면서 버스톨에 가 서 엘런 너시를 보려고 한 게, 엘런이 나한테 마차를 보내주겠다고 했거든. 내 부탁을 들어 주시긴 했지만, 그 과정은 너무나 차가웠고 오

---

* 샬럿이 동생 에밀리 브론테에게 보낸 편지.

래 걸렸어. 어쨌든 내 의견을 매우 모범적이고 놀라운 방식으로 고수했어. 다음 토요일에 갈 수 있으면 좋겠다. 고머셜*에서는 상황이 정말 이상하게 굴러가고 있어. 메리 테일러와 워링이 남다른 결심을 했는데 나는 이런 독특한 상황에서 할 만한 결정이라는 생각이 들었고, 뭐 그게 처음에는 터무니없이 이상하게 들리기는 하지. 그들은 이민 갈 거야—이 나라를 완전히 뜨는 거지. 그들의 목적지는 그들이 바꾸지 않는 한 뉴질랜드 북부 섬에 있는 포트 니컬슨이야!!! 메리는 가정교사나 선생님, 여성용 모자 판매상, 보닛 판매상, 하녀가 될 수도 없고 되지도 않을 거라고 마음을 굳게 먹었어. 그녀는 영국에서 갖고 싶어 했던 직장을 얻을 방법이 없고, 그래서 영국을 떠나는 거야. 나는 그녀에게 똑같이 프랑스에 가서 일 년을 살아본 다음에 이상하고 불확실하게 들리는 이 뉴질랜드행 계획을 결정하라고 조언했지만, 그녀는 꽤 단호해. 그녀와 그녀의 남자 형제들이 이 주제에 대해 가지고 있는 관점이나 포트

- 잉글랜드 웨스트요크셔주 커클리스에 위치한 마을.

니컬슨에 관해 알고 있는 정보 수준을 내가 충분히 이해하지 못해서 그런가 이게 이성적인 기획력인지 절대적인 광기인지 말하기가 어렵네. 아빠와 이모, 태비 등에게 안부 전해줘ㅡ안녕.

C. B.˙

추신. 난 아주 잘 지내니까 너도 그러면 좋겠어. 조만간 또 편지 쓸게.

• 샬럿 브론테

1841년 11월 7일
로던, 어퍼우드 하우스

E. J.에게―우리 둘 다 상당히 마음에 두고
있는 그 주제에 관한 소식을 전할 생각으로 이
편지를 썼다고는 생각하지 마. 왜냐하면 난 편
지를 썼는데 아직도 답장을 못 받았거든. 벨기
에는 까마득히 먼 곳에 있고 어디에서든 사람
들이 제대로 된 속도를 내기는 어렵지. 메리
테일러는 우리가 1월 전에 출발하는 건 거의
기대할 수도 없는 일이래. 앤과 브랜웰에게 편
지를 쓰고 싶었고 그러려고 했는데 실은 시간
이 없었어.

젱킨스 씨가 브뤼셀에서 영국 영사로 잘못
불리고 있었더라고. 사실 그는 영국 성공회 목
사인데 말이야.

내 생각에 아마 우리는 아빠를 위한 최고의
계획이 지금은 아니어도 조만간 아빠에게 편
지를 쓰는 것이라는 걸 알게 될 거야. 언제 이
계획을 진행해야 할지 내가 슬쩍 알려줄 거고

또 무슨 말을 해야 좋을지도 대강 알려줄게. 듀스베리 무어*에 대해서는 슬퍼하지 마. 너는 사실상 거기와 연락이 끊겼고, 앤도 그랬으니, 울러 양은 상반기에 너희 중 누구의 소식도 듣지 못했을 거야.

앤은 현재 계획에서 제외된 것 같지만 만약 일이 잘 진행되면 앤은 결국 그 계획으로 충분히 득을 볼 거라고 믿어. 다들 기대해보라고. 나는 마음속으로 이게 가장 좋은 방향으로 가는 행동이라고 믿고 있고, 유일하게 걱정되는 건 혹시라도 다른 사람들이 의심하거나 크게 실망할 일이 생기는 거야. 너랑 나는 브뤼셀에서 반년을 다 보내기 전에 해외에서 일자리를 구해야 할 거야. 모든 게 계속 잘 풀리고 우리와 집에 있는 사람들이 건강하다면 열두 달이 될 때까지 집에 돌아가는 계획은 없어.

난 아마도 12월 15일이나 17일쯤에 어퍼우드에 안녕을 고할 거야. 돌아오는 건 앤이 언제 말했어? 걔는 잘 지내? W. W.**는 이 문제보고

---

* 영국 웨스트요크셔주 듀스베리의 지구.

뭐래? 아빠랑 이모는 어때, 지치셨을라나? 앤은 마사랑 얼마나 잘 지낼까? 최근에 W. W.를 봤거나 소식을 들은 적 있어? 모두에게 안부 전해줘. 답장 좀 빨리하고─안녕.

C. 브론테

난 잘 지내.

•• William Weightman(1814-1842). 윌리엄 웨이트만 목사. 브론테 남매의 아빠 패트릭 브론테의 보조목사로 근무했다.

1843년 12월 19일
브뤼셀

　E. J.에게―나 결정했다. 새해 첫날 다음 날에 집에 있고 싶어. 에제 부인한테는 말해놨어. 근데 집에 가려면 내 돈으로 5파운드를 더 내야 해. 지금은 3파운드밖에 없고, 브뤼셀을 떠나기 전에 사고 싶은 게 몇 개 있는데―너도 알겠지만, 영국에서도 구할 수 없는 거라서―3파운드로는 부족할 거야. 요즘 의기소침한 기분이 나를 지독하게 괴롭혔지만 내가 집에 도착했을 때는 모든 게 다 잘 풀렸으면 좋겠어―무엇보다도 아빠와 너, 브랜웰, 앤이 잘 지내는 걸 본다면 말이야. 나는 몸이 아픈 건 아니야. 마음만 조금 흔들린 거지―위안 삼을 게 없어서.

　이제 기운 좀 차려봐야겠어―안녕.

　C. B.

엘런 너시에게

사랑하는 넬―난 무사히 집에 도착했고 하워스에 도착했을 때 그렇게 지치지는 않았어. 오늘은 전보다 기분이 훨씬 나아졌고, 빨리 체력을 회복하면 좋겠어. 에밀리와 아빠는 건강하고, 브랜웰의 편지를 보면 브랜웰이랑 앤도 건강한 것 같아. 에밀리는 꽃씨에 관해 너에게 고마워하고 있어. 그녀는 시칠리아 스위트피랑 진홍색 수레국화가 척박한 환경에서도 잘 자라는 꽃인지, 아니면 여려서 비바람이 들이치지 않는 따뜻한 환경에 심어야 하는지 알고 싶대. 그리고 네가 금요일에 존 스웨인 부인 댁에 갔었는지, 거기에서 즐겁게 지냈는지도 말해줘. 우리가 함께 있을 때 말하는 것처럼 그렇게 말해줘야 해. 안녕, 사랑하는 넬. 난 이제 여기까지만 말할게.

샬럿 브론테

엘런 너시에게

사랑하는 엘런─네 편지와 안에 담긴 내용을 진심으로 환영해. 네 짐은 우리 집으로 보내야 하니까 심부름꾼에게 짐을 문의하라고 말해둘게. 종종 기차가 다니긴 하지만 그것도 키슬리까지만이야. 네가 오후 4시쯤 도착하면 나와 에밀리, 앤과 함께 역에서 보자. 우리 함께 기분 좋게 데번셔 암스*에서 차를 마신 다음, 시원한 저녁에 집으로 걸어갈 수 있어. 한낮의 열기에 몸을 혹사하며 육 킬로미터를 걷는 것보다 훨씬 나은 방법일 거야. 최대한 빨리 답장해서 이 계획이 괜찮은지 말해줘. 이만 줄일게.

샬럿 브론테

---

* 키슬리 처치 스트리트에 자리 잡은, 과거 마차들이 머물던 여관이자 펍. 엘런이 하워스에 방문할 때 이곳에서 브론테 자매와 만나기도 했다.

　엘런 너시에게

　사랑하는 엘런―내가 이 편지 전에 편지를
보내지 않아서 걱정했다면 미안하지만 내가
네 마지막 편지를 받은 지 일주일도 채 지나
지 않았다는 걸 잊지 말아줬으면 하고, 내 생
활은 그다지 다채롭지 못해서 그간 특별하게
말을 꺼낼 만한 일들이 많이 일어나진 않았어.
너는 내가 나에 대해 써야 한다고 우기지만 그
건 좀 곤란해. 왜냐하면 정말로 나에 관해서는
흥미로운 일이 없거든. 나는 지난번에 앓았던
병의 영향에서 이제는 얼추 벗어났고 거의 정
상적인 몸 상태를 회복한 것 같아. 가끔은 상
태가 조금이라도 좋았으면 싶지만, 우리는 우
리가 가진 축복에 만족할 줄 알아야 하고 가질
수 없는 것들 때문에 슬퍼해서는 안 돼. 지금
은 나보다 내 여동생들이 더 걱정돼. 에밀리의
기침감기는 나을 기미가 없어. 에밀리가 가슴
통증을 앓을 것 같아 두렵고, 어떨 때는 에밀
리가 조금이라도 빠르게 움직이면 숨 쉬기 어
려워하는 모습을 보기도 해. 그녀는 심하게 여

위었고 창백해. 그녀의 내성적인 성격 때문에 나는 너무 불안해. 에밀리에게 뭘 물어봐도 소용없어. 답을 얻지 못할 테니까. 치료법을 권하는 건 더 소용없는 일이야. 그런 치료법은 절대 받아들여지는 일이 없지. 앤이 극도로 섬세한 체질이라는 사실도 모르는 척할 수 없어. 나는 최근의 슬픈 사건으로 보통 때보다 걱정이 많아졌어. 가끔은 우울한 기분이 드는 걸 막을 수가 없더라고. 모든 것을 하느님의 손에 맡기고 그의 선함을 믿으려 하지만 어떤 때는 믿음으로 복종하기가 어렵네. 요즘 날씨는 병약한 사람들에게 좋지 않은 날씨였어. 여기는 기온 변화가 심하고, 뼛속까지 파고드는 찬 바람이 자주 불었어. 날씨가 안정되면 아무래도 건강에 좋은 영향을 줄 거고 귀찮은 기침과 감기는 모습을 감출 거야. 아빠는 완전히 낫지는 않았지만, 지금까지 우리 중 누구보다 잘 버티고 계셔. 넌 내게 올겨울에 브룩로이드*에 가라고 하면 안 돼. 나는 무슨 일이 있어도 집을 떠날 수 없고, 떠나지도 않을 거니까. 힐드 양

* 엘런 너시가 1836년 9월부터 거주했던 웨스트요크셔주 버스톨의 집.

의 중병은 정말 유감이야. 그녀는 몇 년째 몸이 좋지 않은 것 같네. 이런 것들을 보면 이 세상이 우리가 머물 곳이 아니라는 걸 체감하게 돼. 우리는 사람들과 너무 가까운 유대관계를 맺어도 안 되고, 사람의 정에 허황되게 매달려도 안 돼. 그들은 언젠가 우리를 떠나고, 그게 아니라면 우리가 그들을 떠날 테니까. 당분간 안녕. 하느님은 너와 하느님을 필요로 하는 모두에게 건강과 힘을 회복시켜주실 거야. 이만 줄일게.

샬럿 브론테

　엘런 너시에게

　사랑하는 엘런—에밀리는 이제 더 이상 아픔이나 연약함으로 고통받지 않아도 돼. 그녀는 두 번 다시 이승에서 고통받지 않을 거야. 그녀는 짧고 굵게 싸우고는 떠나버렸어. 그녀는 화요일, 내가 너에게 편지를 썼던 바로 그날에 죽었어. 나는 그녀가 몇 주 동안은 우리와 계속 함께할 거라고 생각했는데 불과 몇 시간도 안 되어서 그녀는 영원한 세상으로 떠나버렸어. 그래, 이 시간 속에도 땅 위에도 에밀리는 이제 없어. 어제 우리는 가련하고, 쇠약하고, 죽을 운명이었던 그녀의 몸을 교회 박석 밑에 조용히 묻었어. 지금 우리는 마음의 평정을 찾았어. 우리가 그러지 않을 이유는 또 뭐겠어? 그녀가 괴로워하는 걸 보는 고통은 끝났고, 고통스러운 죽음의 장면도 지나갔고, 장례도 치렀는걸. 우리는 그녀가 평화에 이르렀다는 걸 느껴. 이제 된서리와 매서운 바람으로 떨지 않아도 돼. 에밀리는 그것들을 느끼지 못하니까. 그녀는 장래가 촉망되는 시기에 죽었어. 인생의 한창때에 가버렸어. 하지만 이건 하느님의 뜻이고, 그녀가 떠나간 곳보다 그녀가 지금 있는 그곳이 훨씬 좋을 거야.

샬럿 브론테

벨기에 에세이

2부 '벨기에 에세이'의 모든 글은 에밀리와 샬럿이 프랑스어를 배우기 위해 1842년 벨기에 브뤼셀의 에제 기숙학교(Pensionnat Héger)에서 유학하던 시기에 프랑스어로 썼던 과제 형식의 글들을 모은 것이다. 한 가지 주제를 각자의 경험과 상상력을 바탕으로 풀어 나간 에세이로, 동일한 주제로 에밀리와 샬럿이 각각 작성한 글에서 자매의 고유한 문체와 개성을 엿볼 수 있다. 샬럿은 과제를 봐주었던 에제 선생을 짝사랑했는데 이때의 경험은 이후 샬럿의 소설 「빌레트」에 담기게 된다. 에밀리와 샬럿은 구 개월 동안 함께 기숙생활을 한 뒤 이모의 사망 소식을 듣고 귀국했고, 1843년 샬럿은 홀로 벨기에로 돌아와 수업을 들으며 교사 일을 병행했다.

한 인도인 과부의 희생

인도제국은 부유하고 강력하나 그 모든 부와 권력에도 불구하고 노예이다. 다이아몬드와 황금이 넘쳐난들, 그것이 오만하고 잔혹한 지배국의 전횡하에 놓여 있다면 다 무슨 소용인가? 골콘다의 다이아몬드 광산을 모두 합한들, 그것을 과거 동방박사들이 보았던 베들레헴의 한줄기 별빛과 비교할 수 있을까?

이런 생각이 내 머릿속을 스친 건 인도제국 역사의 모든 페이지를 피로 얼룩지게 만든 희생의 순간을 목격하게 된 어느 저녁이었다.

나는 방 안에 혼자였다—열린 창문 사이로 창틀을 둘러싼 여러 토착 식물의 잎과 꽃을 제치고 하루의 마지막 햇빛이 반짝였다.

집 안에는 완전한 고요가 내려앉아 있었고, 정원에는 때때로 종려나무의 가지들 사이로 저녁 바람이 분수대 가장자리에 피어난 꽃들의 여린 새싹을 흔들고 있었다. 하지만 살랑거리는 바람이 전하는 조용한 속삭임 속에서 오늘 아침 목격했던 야만스러운 군중의 고함과 함성이 들리는 듯했다.

벤팅크 경*의 법령도, 당국의 노력도 과부의 희생을 막기엔 부족했다. 과부조차 자신의 목숨을 구해주려는 이들의 간청을 뿌리쳤다. 그녀의 부모는 하루 만에 모든 준비를 마쳤고, 비극은 바로 그날 일어났다.

오후 두 시, 나는 비통한 광경을 목격하기 위해 그 장소로 갔다. 장례 행렬이 고인의 집 밖으로 이어졌다. 유럽의 국가에서 으레 볼 수 있는, 매장지로 향하는 고인의 곁을 지키는 슬프고 고요한 행렬은 거기에 없었다. 소란스럽고 원시적인 이교도 행렬만이 광적인 손짓과 무시무시한 외침으로 자신을 신이라 믿는 사

> • William Bentinck(1774-1839). 전 인도 총독(1833-1835). 1829년, 힌두교에서 과부를 죽은 남편과 함께 화장하는 풍습 '사티'를 공식적으로 금지하는 법령을 만들었다.

탄의 연회를 기념하고 있었다. 행렬의 선두에는 악단이 있었는데, 징의 둔탁한 울림, 피리의 날카로운 화음, 심벌즈의 소음, 북의 구르는 소리가 한데 모여 귀를 멍하게 할 정도의 소란스러움이었다.

행렬 가운데서는 네 명의 브라만*이 고인을 옮기고 있었다. 그 모습은 그들을 둘러싼 모두와 기이한 대조를 이루었다. 시신은 보이지 않도록 천으로 덮여 있었고, 그 아래 누인 고인의 경직된 몸의 선을 따라 주름이 잡혀 있었다. 고인의 아내, 과부는 스물셋, 넷 정도로 보였다. 살집이 있지만 아름답고 생기 있는 모습이었다. 하얀색 드레스를 입은 그녀의 머리칼속에서 다이아몬드들이 반짝였고, 진주 장식이 갈색 팔과 목을 수놓고 있었다. 그 모습에서 체념과 결연함이 드러났다. 그녀 옆에는 열여섯 살 난 딸이 눈물을 터뜨리며 울고 있었는데, 마치 곧 희생될 사람이 제 엄마가 아니라 그녀 자신이라 생각될 정도였다. 과부는 이따금 딸에게 위로를 건넸다.

행렬은 바다를 70여 미터 앞두고 멈췄다.

• 인도 카스트 제도에서 가장 높은 승려 계급.

과부는 바닥으로 내려가 앉았다. 그녀의 부모와 브라만들이 장작을 세우기 시작했다. 바닥에 2.5미터짜리 말뚝 네 개를 2미터 간격으로 박아 넣고, 그 안을 마른풀과 나무로 채웠다. 이들이 준비하는 동안, 과부는 브라만이 읽어주는 책의 기도문을 따라 읊었다. 사람들이 과일을 가져다주자, 과부는 그 위에 손을 얹었다. 그와 동시에 모든 준비를 마쳤음이 선언되었다. 과부는 자리에서 일어나 단호한 걸음걸이로 장작더미를 향해 걸어갔다. 그 모습은 여전히 결연해 보였지만 온몸에서 피가 빠져나간 듯 매우 창백했다.

나는 과부가 희생을 거부할 거라 생각했고 그러기를 바랐다. 하지만 그녀는 그러지 않았다. 그것이 오만인지, 종교적 힘이 그녀를 끝까지 지지하기 때문인 건지 모르겠지만 그녀는 사람들이 장작 위에 놓은 고인의 시신 가까이 가만히 앉아 세상에 영원한 하직을 고하기 위해 고개를 돌렸다.

나는 평생 그 순간을 잊지 못할 것이다. 그녀의 두 눈은 태양과 청명한 하늘을 좇았다. 그 눈빛 속에서 나약한 육신과 강인한 정신이 벌이는 고통스러운 투쟁이 엿보이는 것 같았다.

그러나 이미 불은 장작에 붙었고, 연기가 만들어낸 두터운 구름이 더미를 감싸기 시작했다. 불이 붙자마자 과부의 경련 같은 움직임이 보였지만 이윽고 모든 것이 불꽃으로 뒤덮였다. 그와 동시에 군중은 끔찍한 승리의 함성을 내질렀다. 그 소리는 요란한 악기의 소음과 뒤섞여 하나가 되었다. 얼마 안 가 짧은 희생의 순간은 끝이 났고, 행렬은 뿔뿔이 흩어졌으며, 브라만들만이 남아 희생자의 재를 주워 담았다.

소란 뒤에 고요가 찾아왔다. 바람이 내는 미약한 신음 속에서 불행한 여인의 운명을 비통해하는 목소리가 들리는 듯했다.

1842년 4월 17일
샬럿 브론테

고양이

나는 고양이를 좋아한다고 솔직하게 말할 수 있다. 또한 고양이를 싫어하는 사람들의 주장이 어째서 틀렸는지 설명할 수도 있다.

고양이는 이 세상의 모든 존재들 가운데 가장 인간과 비슷한 감정을 가진 동물이다. 개와는 비교할 수가 없는데, 개는 너무나도 선하기 때문이다. 고양이는 신체적인 면에서는 차이가 있지만 성품만은 인간과 매우 닮았다.

누군가는 가장 비열한 인간들의 성품만이 고양이와 비슷하다고 말할 수도 있다. 과도한 이기주의, 잔혹함, 배은망덕함과 같은 특징은 인간에게서도 가장 고약하고, 고양이 중에서도 가장 지독한 악덕이라고 말이다.

우선 이들이 내세우는 고양이와 인간의 유사점의 한계에 대한 논의는 차치하고, 만약 위선, 잔혹함, 배은망덕함이 악인만이 가지는 특성이라면 여기서 말하는 악인의 분류에는 모든 인간이 포함된다고 난 답할 것이다. 우리의 교육은 이 중에서 한 가지의 자질을 매우 훌륭하게 발달시키며, 나머지는 따로 손대지 않아도 스스로 꽃을 피운다. 이 세 자질을 비난하는 대신 너른 마음으로 살펴보도록 하자. 고양이는 자신의 이익을 위해 매우 사랑스럽고 부드러운 겉모습 속에 때로 인간에 대한 혐오를 숨겨둔다. 주인 손안의 원하는 것을 빼앗기보다는 어리광 부리는 태도로 다가와 작고 귀여운 머리를 주인에게 문지르고, 오리의 털만큼 부드러운 감촉의 발바닥을 내민다. 그리고 목표에 도달하면 다시 타이먼*의 성격으로 돌아간다. 이런 까다로운 면모는 고양이에겐 위선이라 명명되지만, 우리 인간에게는 다른 이름

---

*　셰익스피어의 희곡 「아테네의 타이먼(Timon of Athens)」의 주인공 타이먼은, 남에게 조건 없이 베풀기만 하다 결국 어려움에 처하고 주변인들로부터 외면당해 인간혐오자로 변모하는 인물이다.

에밀리 브론테가 그린 연필 드로잉. 1842년.

으로 불린다. 그것은 바로 예의이다. 만약 그것을 진실한 감정을 위장하는 데 사용하지 않는다면 우리는 곧장 사회에서 배척된다.

순전히 재미만으로 어린 강아지 대여섯 마리를 죽인 어느 우아한 부인은 이렇게 말한다. "그렇지만 고양이는 정말이지 잔인한 짐승이에요. 죽이는 걸로 만족하지 못하고, 먹잇감을 죽이기 전에 고문하죠. 그러니 우리 인간에게 그런 비난은 가당치도 않아요." 정말 그런가? 그녀의 남편은 사냥을 아주 좋아한다. 하지만 사냥터에 여우가 몇 마리 없는 탓에 사냥감의 수를 공들여 관리하지 않는다면 사냥하는 즐거움을 자주 느낄 수 없을 것이다. 그래서 여우의 숨통을 끊어놓을 때, 사냥개의 턱에서 여우를 낚아채 같은 고통을 두세 번이고 치르게 하면서 실컷 즐거움을 맛본 다음 비로소 죽음에 이르게 한다. 부인이야 연약한 신경을 거스르게 할 이런 잔혹한 광경은 보지 않으려 할 것이다. 하지만 나는 부인이 자신의 아이를 온 애정을 담아 포옹하는 장면을 본 적이 있다. 그때 부인의 아이는 그 작고 잔인한 손가락 사이로 예쁜 나비 한 마리를 짓이긴 뒤 제 어머니에게 보여주었다. 나는 바로 그 순간 고양이 한 마리가 있으면 좋겠다고 생각했다. 입에 반쯤 집어삼킨 쥐꼬리를 매달고 있는 고양이는 그녀의 천사 같은 아이를 그대로 베껴놓은 모습일 테니까. 부인은 아이에게 입을 맞추지 않고는 못 배길 것이다. 만약 아이가 입맞춤에 대한 복수로 우리 두 사람을 할퀸다면 더욱더 좋을 것이다. 남자아이들은 친구들의 애정 표시를 그런 식으로 받아들이기 쉬우니, 그런 면에서 고양이와 한층 더 닮아 보일 것이다. 고양이의 배은망덕함의 또 다른 이름은 통찰력이다. 고양이는 인간이 보이는 호의의 값을 정확히 매길 줄 안다. 그렇게 행동하는 인간의 동기를 알아차리기 때문이다. 인간의 동기는 때로 선할 수도 있겠지만, 아마 고양이는 자신의 모든 불행과 악한 자질이 고대 인류의 조상 때문이라는 사실을 언제까지고 기억할 것이다. 낙원에서의 고양이는 결코 악하지 않았으니까.

1842년 5월 15일
에밀리 브론테

앤 에스큐*
―샤토브리앙의 「순교자들」

영국 메리 여왕 집권 아래, 앤 에스큐라는 이름의 소녀가 형벌대로 보내지게 된다. 개신교에 대한 신앙을 포기하고 천주교 신앙을 따르길 거부했기 때문이다.

운명의 날이 다가왔다. 그녀의 형은 저녁에 집행될 예정이었다. 이미 해는 진 뒤였다. 앤

* 1546년 영국 개신교인이었던 앤 에스큐(Anne Askew)는 화체설(성찬식 때 먹는 빵, 포도주가 사제의 축복을 통해 그리스도의 살과 피로 변한다는 교리)을 부인하고 기념설(성찬은 단지 그리스도의 죽음에 대한 기념이며 상징이라는 교리)을 지지한다는 이유로 벌을 받았다. 미국 소설가 마크 트웨인의 『왕자와 거지』에 앤 에스큐의 화형 장면이 등장한다.

은 감옥에서 홀로 짚으로 만든 매트에 앉아 고개를 떨구고 있었다. 마치 대리석으로 깎아놓은 조각의 형상처럼 고요하고 미동도 없는 모습이었다. 창문 너머로 보이는 달은 검은 창살에 반이 잘려 나간 채였지만, 달빛은 어둠을 뚫고 들어와 어린 포로의 몸을 비춰주었다.

앤은 아무런 움직임을 보이지도, 아무런 말도 하지 않았다. 영혼은 비명을 지르고 있었으나 혀는 입속에서 얼어붙었고, 심장으로 죽음의 고통이 느껴졌다. 겟세마네* 정원에서 "하느님 아버지, 가능하다면 이 잔을 제게서 멀리 거두어주십시오!"라고 외치던 예수 그리스도처럼 앤은 기도했다.

종이 울리자, 발소리와 목소리가 들려왔다. 감옥 문이 열리면서 뒤로 부하들을 거느린 사형집행인이 들어왔다. 앤은 잠깐 고개를 들었다가, 어떤 피난처나 방어책을 구하기라도 하듯 고개를 돌렸다. 하지만 이제 이 땅에 그녀를 위한 피난처는 없었다. 감옥의 어두운 둥근 천장은 그녀에게서 하늘을 가리고 있었다.

• 예루살렘에 있는 동산으로 예수가 처형되기 전날 최후의 기도를 한 곳.

사형집행인이 준비를 시작하자, 수신호로 명령을 전달받은 부하들이 형구를 세웠다. 그러고는 희생자에게 다가가 베일을 걷고 긴 황금색 머리카락을 잘랐다. 구불거리는 금빛 머리칼이 검고 축축한 돌바닥 위로 흩어져 떨어졌다. 자신의 머리카락을 깎는 이의 앞에서 굳게 입을 다문 새끼 양처럼 앤은 조금도 저항하지도, 입을 열지도 않았다. 그들은 그녀의 팔을 밧줄로 묶고, 형벌대 위로 눕혔다. 그리고 사형집행인이 제 일을 하기 위해 몸을 굽혔다. 한 번의 시도를 위해 준비된 힘으로 사형집행인의 팔 근육이 솟아오른 끔찍한 위기의 순간, 감옥 문이 열리고 한 남자가 허둥지둥 들어왔다. 윈체스터 주교이자 영국 대법관 가디너의 비서관이었다. 그는 느닷없이 사형집행인을 밀치고, 앤을 묶고 있던 밧줄을 풀면서 이렇게 말했다. "앤 애스큐. 나는 왕궁에서 왔소. 주교 각하께서 그대를 위해 중재를 나섰소. 그대를 대신해 용서를 구하셨으니, 여기 서신을 읽어봐요."

　　앤은 처음에는 그의 말을 듣고 있는 것 같지 않았다. 자신을 둘러싼 공포로 정신이 길을 잃고 방황하고 있어 누군가 자신에게 말을 걸고 있다는 사실을 알아차리지 못했다. 하지만 점점 정신이 돌아오자 고개를 들어 다음과 같이 쓰인 서신을 읽었다.

여왕께서 그대의 젊음과 미숙함을 동정하시어 목숨을 구해주고자 하시니—그저 그대가 길을 잃고 헤매고 있을 뿐인 이단적 교리를 포기하고 그대의 실수를 자백하여, 신성한 가톨릭교회의 품 안으로 들어오라. 그러면 부, 명예, 삶이 보상으로 주어질 것이니. 스티븐 가디너.

"오 신이시여, 신이시여!" 앤이 절규하며 외쳤다. "저를 버리지 마소서. 이들이 크랜머•를 최후의 순간에 유혹했듯 저를 유혹하고 있나이다."

"그대도 크랜머가 그랬듯 굴복해야 하오." 비서관이 말했다.

"그리고 그가 그랬듯 변절로 인해 더럽혀진

• 종교 개혁 시기의 기독교 신학자이자 종교 개혁 가 토머스 크랜머(Thomas Cranmer). 개신교에 대한 탄압에 시달리다 개신교에 대한 믿음을 저버리기로 서명했지만, 마지막 순간에 입장을 바꾸고 화형 당하는 것을 택했다.

채 죽음을 맞이하겠지요." 앤이 말했다. "당신의 교회가 크랜머에 약속했던 맹세를 지키지 않았듯, 제게도 그럴 테니까요."

"크랜머는 이단적 교리로 신념이 굳어진 늙은이였소. 그런 운명을 맞아 마땅했지요. 하지만 그대는 젊고, 그대가 저지른 중죄에 대해 속죄할 시간이 충분하오. 각서에 서명하기를 거부했을 때, 그대가 감내해야 할 죽음의 공포를 떠올려보시오. 나는 곧 이곳을 떠날 거요. 이 독방의 문이 닫히면 그대는 사형집행인과 단둘이 남겨지게 될 터. 그가 그대를 잡고 저 침대 위로 눕힐 것이오. 그것은 장미로 수놓아진 침대가 아니라네. 두꺼운 벽은 그대의 두려움을 가두고, 그대의 비명이 밖으로 새어 나가지 않게 할 것이오. 그대에게 내려진 형벌은 느리고 날카로워 죽음과 같이 고통스러운 밤이 될 것이오. 그러니 망설이지 마시오. 여기 펜과 증인들이 있소. 서명하고 사는 길을 택하시게."

끔찍한 유혹이 어린 소녀의 마음 위로 덮쳐왔다. 종교의 영광스러운 희망은 더는 보이지 않았고, 유혹의 목소리가 속삭였다. "그대는 환상을 위해 죽게 될 것이다. 모든 종교는 헛

된 것. 천국에 신이 정말로 있다면 그의 백성이 적의 야만적인 손에 목숨을 잃도록 과연 내버려둘까? 세상에는 천국도 지옥도 없다―죽음 이후에는 오로지 소멸만이 있을 뿐―그러니 할 수 있는 한 오래오래 살라. 젊고 아름다운 그대에게 삶은 수많은 기쁨을 안겨줄 것이니! 서명하라.”

비서관의 탐색하는 시선은 앤의 얼굴에서 그녀의 생각을 읽어냈다. 그는 탁자를 끌어와 앤 앞에 신앙 포기 각서를 내밀었다. 감옥에는 오직 침묵만이 자리했다. 이윽고 앤은 펜을 들었고, 종이 위로 몸을 숙여 이름의 첫 글자를 적어 내려갔다. 그러나 바로 그때, 내면의 목소리가 그녀에게 말을 걸었다.

“인간 앞에서 나를 부인하는 이가 있다면, 나 역시 그를 천국에 계신 나의 아버지 앞에서 부인할 것이다. 그러니 육신의 생명을 앗아가는 이를 조금도 두려워 말라. 결코 영혼만은 죽일 수 없을 테니. 그것보다는 게헨나*에서 영혼과 육신을 모두 앗아갈 이를 두려워해야 할 것이다.” 앤은 펜을 떨어뜨리고 형벌대 위

• 지옥을 뜻한다.

로 스스로 올라가 누웠다. 마치 잠에 든 것처럼 두 눈을 감은 그녀가 말했다.

"나는 개신교인이다."

1842년 6월 2일
샬럿 브론테

해럴드*의 초상,
헤이스팅스 전투** 전날

　왕국의 운명을 결정짓기 위해 평원에 집결한 모든 사람들 중에서 왕을 알아보는 것은 쉬웠다. 차림새나 뒤를 따르고 있는 수하의 존재가 아니라, 그의 표정과 태도 때문이었다.

　그는 주둔지에서 멀리 떨어진, 평원의 광활한 풍경이 내려다보이는 언덕 위를 거닐고 있었다. 저 멀리 지평선에서 적군이 피운 불빛이 반짝였다. 적들이 부당하게 차지하고 있는 영토는 그의 것이었고, 장작을 태우기 위해 땔감

　　•　해럴드 2세(Harold II)는 잉글랜드 왕국 웨식스
　　　왕조의 마지막 왕으로, 헤이스팅스 전투에서 전
　　　사했다.

을 마련한 숲도 그의 것이었다. 그러한 생각을 하던 그는 시선을 내려 언덕 아래에 길게 줄지어 서 있는 자신의 군대를 바라보았다. 수가 많은 만큼 그들은 용감했고, 또 용감한 만큼 충성스러웠다. 대의가 주는 힘과 정당성을 떠올릴 때면 그의 창백한 얼굴 위로 숭고함이 떠올랐다. 패배는 상상조차 되지 않았다.

그때 해럴드는 기력과 국가의 모든 희망을 자신에게로 모았다. 그는 이제 단순히 한 사람이 아니라, 왕이었다.

시대가 평화로웠더라면, 그는 아마 고요한 왕좌에 앉은 다른 모든 군주들과 마찬가지로 그의 왕궁에 갇혀 향락에 의해 망가지고 아첨에 속는 호화스러운 노예에 불과했을 것이다. 그는 전혀 어리석지 않았지만, 국민 중에서 가장 자유롭지 못하고, 스스로 행동하지도, 생각하지도 못하는 사람이었고, 주변의 모든 이들이 그가 길을 잃고 헤매게 만들기 위해 분투했

•• 1066년 영국 남동부 헤이스팅스에서 노르망디 공국의 정복왕 윌리엄과 잉글랜드 국왕 해럴드의 군대가 맞붙은 전투로, 노르망디군이 승리하여 정복왕 윌리엄은 잉글랜드의 윌리엄 1세로 등극하면서 노르만 왕조가 성립되었다.

으며, 대신들에 의해 이끌리지 않고는 홀로 이동할 수도 없는 사람이었다. 그는 왕국이라는 감옥에 갇힌 고귀한 죄수였고, 신하들이 그의 간수였다.

그러나 전쟁터에는 왕궁도, 대신들도, 궁인들도, 향락도 없었다. 해럴드를 보호하는 지붕은 조국 위에 떠 있는 하늘뿐이었으며, 발아래 놓인 땅은 그의 선조들이 지켜온, 목숨과도 바꿀 수 없는 것이었다. 주변에는 그에게 헌신하며, 자기 자신의 안전, 자유, 목숨을 그에게 위임한 충실한 자들이 있었다. 이 얼마나 커다란 차이인가! 이제 해럴드는 한 사람이 아니었다. 들끓는 열정이 그를 흥분시켰다. 이기심을 벗어던진 열정은 정화되었고, 숭고해졌다. 이제 그의 용기에서 무모함이 사라졌고, 긍지에서 거만함이 사라졌고, 자신감에서 오만이 사라졌고, 격분에서 부당함은 사라졌다.

적들이여 오라! 승리는 해럴드의 것일 테니. 해럴드는 자신의 앞에서 모두 퇴각하고, 무너질 것 같다고 느꼈다. …그러나 죽음은 어떠할 것인가?… 자신이 태어난 땅을 수호하기 위해 싸우는 이에게 죽음이란, 노예를 속박에서 벗어나 자유롭게 만들기 위한 일격과 같을 것이다.

　1842년 6월
　에밀리 브론테

어머니에게

　사랑하는 어머니,
　어머니를 마지막으로 본 지도, 어머니로부터 새로운 소식을 전해 들은 지도 참 오래된 것 같아요. 만약 엄마가 편찮으셨더라면 사람들이 제게 알려줬겠지요. 그렇게 생각하니 안심이 됩니다. 제가 곁을 비운 동안 어머니가 제 생각을 전보다 덜할까 봐 걱정이 됩니다. 어머니로부터 떨어져 있는 이곳에서는 모든 게 저를 슬프게 합니다. 사람들이 절 잊을지도 모른다는 생각만 하면 울음을 참을 수가 없어요. 사람들은 제가 이곳에서 몸이 약해졌다는 이유로 방에 홀로 머물도록, 공부도 하지 못하게 하고 심지어 친구들도 못 만나게 합니다.

19세기 후반 에제 기숙학교. 『르 수아르(Le Soir)』, 벨기에 브뤼셀.

제가 이토록 슬픈 것도 이런 이유 때문이겠지요. 혼자 외로운 방 안에서 하루 온종일을 보내는 것은 정말이지 지루합니다. 아침부터 밤까지 몽상에 빠지거나, 때때로 다른 아이들이 저를 까맣게 잊은 채 웃고 노는 즐거운 소리를 듣는 것 외에 달리 할 일이 없거든요.

얼른 집으로 돌아가서 사랑하는 모두와 다시 만나고 싶습니다. 만약 어머니께서 이곳으로 와주실 수만 있다면, 어머니라는 존재가 제게 기쁨과 건강을 돌려줄 텐데요.

그러니 사랑하는 어머니, 부디 여기로 와주세요. 이 편지에서 온통 제 이야기만 한 것을 용서해주세요. 들려드릴 이야기가 아주 많습니다.

어머니의 헌신적인 딸이,

1842년 7월 26일
에밀리 브론테

아버지에 대한 언급은 전혀 보이지 않는군요.
이는 잘못된 것입니다.
C. 에제*

- 콘스탄틴 에제(Constantin Héger)는 에밀리 브론 테와 샬럿 브론테가 벨기에 브뤼셀에서 유학을 했던 에제 기숙학교(Pensionnat Héger) 교장으로 두 자매의 프랑스어 수업을 도맡으며 과제를 첨삭했다. 샬럿은 그를 연모했으며, 이후 샬럿의 작품 속모델이 되기도 했다.

자식의 사랑

"살고자 한다면 네 아비와 어미를 존경하라." 신은 이 같은 명령을 통해 인간이라는 종족이 얼마나 비천한지, 그리고 신의 눈에 인간이 어떻게 비치는지 알려주고 있다. 인간은 위협이 있어야만 모든 의무 가운데 가장 손쉽고 성스러운 것을 이행할 수 있으며, 광인은 오로지 공포를 느껴야만 제 죄를 씻을 수 있다. 이같은 명령 속에는 그 어떤 공개적인 꾸짖음도 담지 못할 신랄한 비난과 인간의 절대적 맹목성, 끔찍한 배은망덕함에 대한 책망이 숨겨져 있다.

부모가 제 자식을 사랑하는 것은 자연의 법칙이다. 암사슴은 제 새끼가 위험에 처했을 때

개에 맞서는 것을 두려워하지 않고, 새는 둥지를 지키다 죽는다. 이러한 본능은 지상에 존재하는 모든 동물과 마찬가지로 인간이 가지고 있는 성스러운 정신의 일부이다. 그렇다면 신은 이와 유사한 감정을 아이의 마음속에도 심어두었는가? 진정으로 그와 비슷한 무언가가 존재하지만, 천둥과 같은 목소리가 여전히 이렇게 외치고 있다. "네 부모를 존경하라. 그러지 않으면 너는 죽는다!" 이러한 명령과 위협은 아무런 이유 없이 주어지지도, 더해지지도 않았다. 세상에는 그들의 행복, 의무, 신을 경시한 나머지 가슴속에서 신의 불꽃이 꺼지고, 빛도 질서도 없는 정신적 혼란 속에 남겨지고, 끔찍하게 변형된 모습만 남은 사람들이 존재한다.

고결한 영혼을 가진 이들은 공포로 떨며 이 괴물들을 피하려 한다. 이는 정당한 본능이다. 우리는 이 괴물들을 피해야만 한다. 하지만 그들을 저주해서는 안 된다. 이미 신의 저주를 받은 그들에게 저주를 더할 필요가 있는가? 그보다는 그들을 동정하고, 그들의 비천한 삶을 안타깝게 여겨야 한다. 그들은 제 부모가 자신을 위해 해주었던 것을 결코 생각해내지 못한다. 유년기 기억 속에서 그들이 거역한 아비로부터 받았던 기대와 애정을 떠올리지 못한다. 그들은 제 어미를 세상에서 가장 잔혹한 죽음에 이르게 만들고, 제 어미의 고통스럽고 긴 인내의 시간, 돌봄과 눈물, 지칠 줄 모르던 헌신은 불행한 노년의 자양분이 되어줄 무한한 사랑을 독약으로 변모시킨다.

그러나 그들의 양심이 눈을 뜰 때가 올 것이며, 거기에 따를 대가는 참혹할 것이다. 신이 그들을 비난하는데 어떤 중재자가 죄인을 옹호하려 할 것인가? 신이 그들에게 벌을 내리는데 어떤 권력이 파렴치한 자를 구하려 들 것인가? 그들은 영생의 고통을 확보하기 위해 이승의 행복을 포기한 자들이다.

한때 그들의 형제였던 천사와 인간이 그들의 운명을 딱하게 여겨 울어주는구나.

1842년? 8월 5일
에밀리 브론테

형제가 형제에게

　나의 형제에게,[•]

　내 편지가 네게는 무덤에서 온 편지와 같겠
구나. 우리가 서로에게 염증을 느끼고, 영원한
증오를 품고 아버지의 집을 떠난 뒤로 고통,
노동, 변화라는 십 년이라는 길고 긴 세월이

[•] 　에밀리가 벨기에로 떠나 있을 동안 오빠 브랜웰
은 음주벽에 빠지고 횡령에 연루되어 직장을 잃었
다. 하지만 이 글에 등장하는 에드워드가 반드시
에밀리 오빠 브랜웰을 지칭하며, 에밀리가 브랜
웰에게 느낀 배신감을 이 글에 녹여냈다는 확실한
증거는 없다. 그보다는 에밀리가 글쓰기의 일환
으로 만들어낸 인물(폭풍우 치는 밤, 창밖으로 보
이는 불빛, 추억이 담긴 도서관, 개의 등장이 『폭
풍의 언덕』을, 글의 화자인 방랑자는 히스클리프
를 떠올리게 한다)로 보는 것이 적절하다.

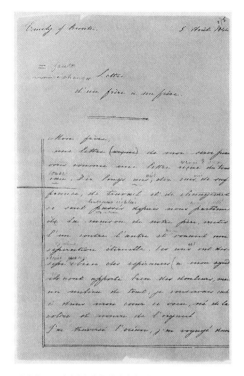

에밀리 브론테의 「형제가 형제에게」 첫 번째 페이지. 해리 랜섬 센터, 미국 오스틴 텍사스대학교.

지났어. 이 시간들은 내게서 수많은 희망을 사라지게 했고 수많은 고통을 불러왔지만, 그러면서도 분노로부터 탄생하고 내 오만으로부터 영양분을 얻은 염원을 마음에 묻어두고 있었어.

나는 대양을 건너 여러 국가들을 여행했어. 나는 불쌍한 사람들 중에서 가장 가련했고, 이방인들 사이에서 앓으며 내 손으로 내가 먹을 빵을 마련할 일을 구하지도 못했지. 동시에 돈으로 살 수 있고 부자가 누릴 수 있는 모든 즐거움을 향유했지만 언제나 혼자였고, 진정한 친구도 없었어. 내게 아첨하는 사람들은 있었지만, 아무도 나를 사랑해주지 않았지.

그러나 너와 화해해야겠다는 생각은 단 한 번도 하지 않았어. 우리의 유년기를 이어주는 부드럽고 잔잔한 오래된 영혼의 연결고리를 떠올리고 싶지도 않았지. 이따금 그런 생각이 들 때면, 비열하고 천한 결점을 떼어내듯 얼른 몰아내버렸어.

결국 내 몸과 영혼은 떠돌아다니는 데 지쳤고, 나의 쪽배는 너무도 많은 폭풍우에 이리저리 휩쓸린 탓에 항구에 닿기까지도 오랜 시간이 걸렸어. 나는 내 날들을 그것이 시작된 곳에서 끝내겠다는 결심을 내렸고, 그토록 오랫동안 버려두었던 고향과 집을 향해 가고 있어.

어젯밤, 공원의 오래된 문에 다다랐어. 폭풍우가 몰아치고 비가 세차게 내리던 밤이었지. 어둠 사이로 저 멀리 창문의 불빛이 나뭇가지들 사이로 희미하게 뻗쳤고, 문은 반쯤 열려 있었어. 건물 안으로 들어가니 내부는 아주 고요해. 나는 그 누구와도 마주치지 않고 방, 복도, 부속실을 지나, 우리만의 은신처이자, 지금으로부터 한 세기가 지나도 결코 잊히지 않을 수많은 추억의 공간인 도서관에 도착했어. 희미한 불빛, 벽에 걸린 그림들, 발아래 흩어져 있는 책들, 주변의 모든 낯익은 사물들을 한참 바라보고 있는데 무언가 방 안에서 움직였지. 어두운 구석에서 몸을 일으켜 이방인을 확인하기 위해 다가온 커다란 개였어. 개는 곧바로 나를 알아봤고, 가장 커다란 애정 표현을 하며 반가움을 드러냈지만 나는 그저 밀어내기만 했어. 네 개였기 때문이야.

에드워드, 지난날 내 마음속의 본심을 억눌렀던 사악한 폭군을 용서해줘. 그날 이후 나는 무릎을 꿇고 울부짖으며 기도했고, 내 증오

심을 영원히 버렸어. 행복하게 잠에 들었지만 잠에서 깬 후에는 슬펐어. 어쩌면 후회가 내게 너무 늦게 찾아온 건지도 몰라. 어쩌면 네 마음은 더 단단히 굳어졌을지도 모르지. 하지만 내가 아는 내 형제는 언제나 늦게 화를 내고, 가장 먼저 모욕을 떨쳐버리는 아이였어. 에드워드, 이리로 와서 내가 알던 모습에서 네가 변하지 않았다는 걸 확인시켜줘. 답장은 말고 이리 와주렴.

1842년 8월 5일
에밀리 브론테

나비

　모두가 이따금 빠져들곤 하는, 상상 속의 세계가 초목을 말라 죽게 하는 겨울을 나고 있으며, 생명을 비추던 빛이 꺼지고 삶은 불모의 사막으로 변해 우리가 그곳을 떠돌며 천국 아래로 불어닥치는 모든 폭풍우를 온몸으로 맞고 있는 것만 같은, 그런 어두운 마음 상태로 나는 어느 날 저녁 숲의 경계를 걷고 있었다. 때는 여름이었고, 태양은 여전히 서쪽 하늘 높이 떠 작열하고, 새들의 지저귐이 공기 중에 울려 퍼지고 있었다. 모두가 행복해 보였지만 내게 그것은 겉치레에 불과했다. 내가 떡갈나무 고목 아래에 앉은 건 나뭇가지 사이에서 밤 꾀꼬리 한 마리가 저녁 예배를 막 올리기 시작했을 때였다. '어리석고 가엾구나.' 나는 생각했다. '그리 크고 또렷하게 울어대는 것은 네 가슴에 총알을 유도하기 위해서일까, 아니면 어린아이를 네 새끼들에게 불러들이기 위해서일까? 때에 맞지 않는 가락은 그만두고, 네 둥지에 바짝 붙어 있으렴. 내일이 되면 그 둥지가 텅 비어버릴지도 모르니까.' 그런데 어째서 나는 너만을 어리석다 여기는가? 모든 피조물이 터무니없기는 마찬가지다. 저 개울가 위를 노니는 날벌레들을 보라. 일 분 일 분 제비와 물고기가 그들의 수를 줄여 나가고 있다. 그들 역시 저 하늘이나 물속 포식자에게 먹잇감이 될 것이며, 인간은 재미 삼아, 혹은 필요에 의해 저들의 포식자를 죽일 것이다. 자연이란 불가해한 문제이고, 파괴의 원칙 위에 존재한다. 모든 존재는 끊임없이 타자를 죽이는 도구이고, 타자를 죽이지 않기 위해서는 스스로 살기를 멈추어야만 한다. 그런데도 우리는 우리의 탄생일을 축하하고, 이런 세상에 태어나게 해준 신을 찬송한다.

　그렇게 홀로 생각하며 나는 내 옆으로 난 꽃 한 송이를 꺾었다. 갓 피어난 예쁜 꽃이었지만 꽃잎 사이로 추한 애벌레 한 마리가 몸을 숨기고 있었다. 꽃잎은 이미 주름지고 시들고 있었다. "이건 대지와 그곳에 사는 이들의 서글픈 모습이야!" 나는 외쳤다. "이 벌레는 자신을 보호해주는 식물을 해치기 위해서만 사는구나. 이것은 왜 창조되었고, 인간은 왜 창조되었는가? 인간은 고통을 주고, 죽이고, 집어삼킨다. 또 고통받고, 죽고, 잡아먹힌다. 이것이 인간 이야기의 전부다. 성인(聖人)을 위한 천국은 진실로 존재하지만, 성인은 신의 왕좌 앞에 서기도 전에 신을 슬프게 만들기에 충분한 불행을 이 땅 위에 남겨두는구나."

나는 꽃을 땅바닥으로 던졌다. 바로 그 순간에 우주는 내게 오로지 악을 생산해내기 위해 만들어진 거대한 기계처럼 느껴졌다. 인간이 처음으로 죄를 저지른 날에 신이 인간을 모조리 말살시키지 않은 것을 두고 신의 선의를 의심할 지경에 이르렀다. "이 세상은 진작 파괴되었어야만 했어." 나는 말했다. "자신이 건드리는 모든 것을 제 자신만큼이나 역겹게 만드는 것 외에 다른 하는 일이 없는 이 벌레를 내가 뭉개는 것처럼 말이지." 그렇게 가엾은 곤충에게서 한 걸음을 채 떼지도 않았을 때, 마치 천국에서 보낸 검열관 천사처럼 커다랗고 빛나는 황금빛과 보랏빛 날개를 펄럭이며 나비 한 마리가 나무들을 헤치고 날아왔다. 그것은 내 눈앞에서 잠시간 반짝인 뒤, 나뭇잎 위로 날아올라 창공 속으로 사라졌다. 나는 입을 다물었고, 내 안의 어떤 목소리가 내게 말했다. "피조물은 그의 조물주를 판단하지 말지어다. 내세의 상징이 여기 있나니. 추한 애벌레가 훌륭한 나비의 근원이듯, 이 땅 역시 새로운 천국의 배아이며, 가장 추한 것들이 새로운 땅에서 지니게 될 아름다움은 네가 가진 인간의 상상력을 무한히 뛰어넘을 것이다. 지금 네게 그토록 비루해 보이는 것의 찬란한 결과를 목도했을 때, 자연을 일찍이 소멸시키지 않았던 신의 전지함을 비난하던 너의 눈먼 오만을 너는 얼마나 경멸하게 될 것인가!"

신은 공정과 자비의 신이다. 인간이건 짐승이건, 이성적이건 비이성적이건, 신이 피조물에 내리는 모든 슬픔과 불행한 존재의 모든 고통은 신성한 수확을 위한 씨앗이다. 그 수확물은 죄악이 최후의 독을 사용하고 난 뒤, 죽음이 최후의 화살을 쏜 뒤에야 비로소 거두어질 것이며, 죄악과 죽음은 우주의 불타는 장작더미 속에서 소멸할 것이다. 그리고 그들의 오랜

희생양들은 영원한 행복과 영광의 제국에 남
겨질 것이다.

1842년 8월 11일
에밀리 브론테

애벌레

동일한 행위자에 의해 만들어진 작품들은 거의 언제나 서로 분명한 유사함을 보인다. 같은 작가가 쓴 시들, 같은 화가가 그린 그림들은 설계나 구상에 있어서 서로 닮아 있다. 세상의 모든 위대한 작품들 중에서도 특히, 전체를 비롯해 그 속의 수천 가지 세부 요소들까지 모든 것이 단 하나의 행위자에 의해 만들어진 우주야말로 유사함뿐만 아니라, 가장 미천한 것에서조차 때로는 가장 고결한 것을 떠올리게 만드는 너무나도 완벽한 조화를 보인다.

신의 주요한 작품 중 하나는 신을 본떴지만 천사보다는 조금 더 미천한 존재로 창조된 인간이다. 그렇다면 신의 가장 미천한 작품 중

하나는 바로 이 벌레―식물 위로 느릿느릿 기어올라 잎사귀를 갉아먹으며 사는 애벌레가 아닌가?

하지만 이 둘은 비슷하기는커녕 서로 상반될 뿐이다. 미천한 애벌레와 고귀하고 지적인 인간 사이에 어떤 상관관계가 있단 말인가?

조금만 깊이 생각해보자. 애벌레는 어리석고 물질적인 삶을 산다. 오늘은 먹고 기고, 어제도 먹었고 기었으며, 내일도 먹을 것이고 길 것이다. 그렇게 아름다운 봄의 한 계절을 내내 살다가 고치를 짓기 시작한다. 나뭇가지에 매달린 뒤, 고치를 형성하고 그것으로 제 몸을 감싼다. 이것은 그의 관이다. 이제 그것은 죽었다. 번데기가 땅으로 떨어진다. 그리고 곧 죽은 잎사귀 더미, 혹은 계절이 봄이므로 과실나무에서 떨어진 말라 죽은 꽃잎 더미로 뒤덮인다. 한 달 동안 그것은 빛도, 움직임도, 생명도 보이지 않으면서 거기에 머무른다. 그 후에는 어떤가? 여름의 더위가 시작된다. 번데기 속에 갇힌 곤충은 여름이 왔음을 느낀다. 생명의 근원이 소생하고, 그것은 자신의 무덤 속을 휘젓는다. 그리고 결국 관을 깨고 탈출한다. 이제 우리가 보는 것은 무엇인가? 번데기 밖으로 나온 것은, 여름의 산들바람 속으로 제 자신을 데리고 나와 공기 중으로 가벼이 날아오르는 것은 애벌레가 아니다. 산들바람은 그것을 나뭇가지 위로 데려다 놓았고, 그것은 거기에 잠시 머무른다. 그것의 진동하는 날개는 햇빛을 받아 벌새의 색으로 반짝이고, 그것을 둘러싼 잎사귀 가운데서 그것은 찬란한 꽃 한 송이와 닮아 있다. 그렇다면 이토록 아름답고 우아한 피조물은 무엇인가? 그것은 나비로 변한 애벌레이다. 그것은 제 물질적인 삶을 떠나, 완전한 영적인 삶을 시작했다. 그것은 더 이상 먹지도, 기지도 않는다. 한때 벌레의 누이였던 그것은 이제 꽃과 새들의 벗이 되었다.

인간의 삶에 대해 생각해보자. 인간은 스스로 지적이고 고귀하다고 믿는다. 자신의 인내, 창조적 능력, 발명과 발견의 결과를 뽐낸다. 하지만 인간이 알고 있는 것과 알지 못하는 것을 비교하고, 인간에게 가능한 것과 절대적으로 불가능한 것을 비교한다면, (가진 재능만큼의 겸손함을 갖춘 인간이라면) 자신이 발명했다고 자랑했던 것이 마치 어린아이가 해변에 흩어진 조개를 보물이라도 된 듯이 품 안에 숨기는 것과 같다는 사실을 알게 될 것이다.

하지만 위대하지는 않아도 인간은 선하며, 지상에는 신념과 관용이 있다. 그렇다. 모든 인간은 자신만의 선한 순간을 가지며, 다만 매일의 삶이 애벌레의 삶과 같을 뿐이다. 이 땅위에서 그는 기고, 세속적인 일들이 그를 압도한다. 육체가 욕망하는 것이 영혼이 갈망하는 것을 방해한다. 도덕적인 인간의 삶이란 종교에 대항하는 자연의 지속적인 투쟁에 지나지 않는다. 반면, 악한 인간은 유혹에 저항하지 않아도 되므로 더욱 평온한 삶을 즐기는 것처럼 보인다.

마침내 인간이 죽는다. 그는 관 안에 갇히고, 무덤이 파이고, 그 속에 매장된다. 그곳은 죽은 잎사귀 더미 아래 놓여 있던 번데기 안보다 훨씬 더 어둡고 축축한 장소이다. 죽음 이후에 인간에게 희망이 남아 있는가? 그의 육신은 애벌레의 먹잇감이 되지 않는가? 부패가 그의 살을 먼지로 만들지 않는가? 그의 물질적인 육신이 가장 절대적인 소멸을 겪지 않는가? 그런데 인간은 왜 이 세상에 탄생했는가? 단지 고통받고 죽기 위해서인가? 그러자 신념이 말하나니 그의 목소리를 들어라.

인간의 육신은 부패되도록 뿌려졌지만 부패되지 않도록 자라날 것이다. 불명예스럽게 뿌려졌지만 영광스럽게 자라날 것이다. 나약하게 뿌려졌지만 힘차게 자라날 것이다. 짐승과 같은 육신으로 뿌려졌지만 영적인 몸으로 자라날 것이다. 곧 최후의 심판이 울릴 때가 되면 우리는 눈 깜짝할 사이에 변화할 것이며, 나팔 소리와 함께 죽은 자들이 부패될 수 없는 모습으로 일어설 것이다. 그때가 되면 글로 쓰인 말씀이 이루어지고 죽음은 영원히 삼켜질 것이다.

　1842년 8월 11일
　샬럿 브론테

죽음의 궁전

　과거 이 땅이 더 젊었을 적에 '죽음'은 별로 할 일이 없었다. 누군가 죽음을 입에 올릴 때 생명을 무(無)로 대체하면서 자신의 존재를 보고 느낄 수 있게 함으로써 죽음은 이미 존재하고 있었지만, 그 제국의 힘은 아직 약했다. 신이 우주 속에 갓 탄생시킨 어린 지구의 생명력과 활력이 모든 것을 얼어붙게 만들려는 죽음의 냉기에 저항하고 있었기 때문이다.

　그때의 인간은 자연의 법칙을 제외한 그 어떤 법칙에도 굴복하지 않았고, 신을 제외한 그 어떤 군주에게도 예속되지 않는 고귀한 야생의 존재였다. 므두셀라와 에녹, 아브라함과 야곱은 낙타를 방목할 만한 곳이라면 어디든 천

막을 세우며 메소포타미아의 초원을 떠돌아다니는 아시아의 목자들에 불과했다. 이들은 전쟁, 야심, 과잉을 몰랐으며, 죽음이 자신의 왕국으로 이들을 불러들이려 할 때 그 일을 맡은 유일한 대신(大臣)은 '노화'였다. 하지만 황금의 시대는 막을 내린다. 최초의 인간이 떠난 뒤 그 뒤를 이어 등장한 것은 목자의 삶을 거부하고 초원과 사막을 떠나 도시를 세운, 야심 가득한 인간 종족이었다. 그들의 도시에는 사치, 그리고 마침내 악이 터를 잡게 되었다. 이때부터 황량했던 죽음의 제국은 붐비기 시작하고, 매일 새로운 주민들이 생겨났다. 노화는 불평했다. 어떤 역병이나 학살이 매일같이 떠넘기는 청년과 어린아이들까지 도맡아야 했던 것이다. 결국 죽음은 총리를 임명해야 할 필요성을 느꼈고, 그러한 의도를 밝히자마자 여러 후보들이 총리직에 지원했다.

결정을 내리기에 앞서, 죽음은 궁전에서 의회를 소집했다. 그의 궁전은 네바강 유역에 북의 군주의 변덕이 만들어낸 건축물과 닮아 있었다.˙ 그곳에는 대리석도, 돌도, 귀한 나무도,

˙ 상트페테르부르크의 겨울궁전으로 추정된다.

황금도 없었다. 건축가 겨울은 얼어붙은 바다 한가운데에서 자재를 끌어왔다. 그곳에는 빛나는 샹들리에는 없었다. 달빛이 얼음으로 조각된 돔, 기둥, 아치형 천장을 어슴푸레하고 푸르스름하게 비추고 있을 뿐이었다. 죽음의 고문들은 그의 왕좌 앞에 일렬로 앉았다. 차가운 벽에서 반사된 빛이 그들의 창백한 낯빛을 알아보게 했고, 깊은 침묵은 그들이 결정해야 할 사안의 중대함을 보여주는 듯했다. 의회는 그 어느 때보다도 더 차분했다. 교회 내부에 자리한 조각상보다 더 미동이 없고 조용하다 할 수 있을 정도였다.

바로 그때 죽음이 들어와 왕좌에 앉았다. 군중 속을 통과하는 그림자처럼 죽음은 아무런 소리 없이 등장했다. 커다란 베일이 그의 얼굴과 형태를 가리고 있었다. 그는 지팡이를 들어 후보자들을 가까이 오게 했다. 베일의 주름 사이로 해골의 손과 팔이 드러났다.

처음으로 죽음의 앞에 선 것은 '야심'이었다. 넓은 이마와 불처럼 타오르는 두 눈을 가진 당당한 여성이었지만, 풍채와 동작에 차분함과 위엄은 부족했다.

"강력한 군주이시여," 야심이 말했다. "저

는 이 땅의 충직한 일꾼입니다. 저는 대지 어디든 씨앗을 뿌리고, 대지는 당신의 낫이 지나가는 자리마다 풍요로운 수확물을 내놓지요. 저는 인간의 마음속으로 흘러들어가 다른 인간들의 생명이 하찮고 해쳐도 괜찮다고 믿게 합니다. 제가 다가가면 모든 애정, 우정, 사랑이 꽁무니를 빼고, 불화, 증오, 욕망, 음모, 배반이 제 뒤를 따르지요." 야심이 말을 하는 동안 가면을 쓰고, 단검을 들고, 검은 망토를 걸친 음산한 유령들이 길게 줄을 지어 미끄러지듯 들어왔다. 그들은 흐릿한 광택의 벽을 통과하듯 사라졌고, 지나간 자리마다 핏자국이 남았다. "제 아이들입니다." 야심이 말했다. "오늘 저를 총리로 임명하신다면 저는 내일 저 아이들을 인간의 땅으로 보내겠습니다. 곧 당신의 제국은 주민으로 가득 찰 것입니다."

죽음은 대답하지 않았다. 그가 두 번째로 지팡이를 들자 새로운 후보자가 앞으로 나왔다. 붉은색 드레스를 짧게 걷어 올린 탈레스트리스* 여왕의 옷차림을 한 전사였다. 한 손에는 활을 들고 어깨에는 화살통을 메고 있었으며, 늑대만큼 사나운 커다란 개 두 마리를 끈으로 부리고 있었다. 그녀의 모습은 마치 남성처럼 보였고, 태도는 당당하고 대담했으며, 근육질 팔은 아킬레우스의 창도 휘두를 만큼 다부졌다. "저는 '전쟁'입니다!" 그녀가 말했다. "전쟁터에서 오는 길입니다. 제가 베어버린 적군의 피가 옷에 얼룩을 남겼지요. 오 죽음이시여, 누가 저보다 당신을 충직하게 섬길 수 있겠습니까? 누가 더 많은 희생자를 당신의 발아래 끌고 올 수 있을까요? 제가 인간 종족에게 '학살'과 '살육'을 풀어놓을 때(전쟁은 그 말과 함께 사나운 두 짐승을 가리켰다), 과부들의 울음과 고아들의 비명이 당신의 승리를 온 세상에 알릴 것입니다."

죽음은 미소를 지었다. 전쟁의 발언이 흡족한 모양이었다. 죽음이 결정을 내리려는 순간, 문이 열리며 세 번째 후보자가 등장했다. 젊고 아름다우며 풍성한 차림새의 여성이었다. 그 기색이 너무나도 명랑하고, 발걸음이 너무나도 가볍고, 색감은 너무나도 알록달록해서 '건강'이 직접 죽음의 궁전으로 난입했다고 해도

- 알렉산더 대왕의 전설을 담은 '알렉산더 로망스'에 따르면 탈레스트리스(Thalestris)는 알렉산더 대왕에게 삼백 명의 여인을 데려온 아마존의 여왕이다.

믿을 정도였다. 하지만 가까이 들여다보자 그녀의 두 눈은 기쁨보다는 흥분으로 빛나고 있었고, 열기가 안색을 물들이고 있었으며, 전체적으로 무질서한 외모가 돋보였다. 헝클어진 머리칼에 화관을 쓰고 있었는데, 신선하고 아름다워 보이는 꽃잎 사이로 줄기를 휘감은 뱀이 번득이고 있었다.

'방종(이 매혹적인 여인의 이름이었다)'은 야심과 전쟁 앞에 당당히 나섰다. "제 권리를 요구합니다." 방종이 말했다. "제 경쟁자들이 당신의 제단 위로 단 한 명을 바칠 때, 저는 백명을 바칠 수 있습니다."

죽음이 자리에서 일어났다. "나의 자매여." 죽음이 말했다. "그대는 혼자서도 이 죽음의 부왕이 될 자격이 충분하다. 전쟁과 야심은 그대의 자식에 불과하니, 인간의 생명을 앗아가는 모든 악은 그대로부터 탄생하고, 그대가 건넨 술잔으로부터 인간은 죽음에 이르는 독약에 취하느니라."

1842년? 10월 16일
샬럿 브론테

죽음의 궁전

과거 인간의 수가 현저히 적었을 때, '죽음'은 절약하며 검소하게 살았다. 유일한 대신(大臣)은 '노화'였다. 노화는 궁전의 문을 지키고 서서 가끔 제 주인의 허기를 달래기 위해 고독한 희생자를 들여보내곤 했다. 단식의 날들은 머잖아 보상을 받는다. 왕의 먹잇감이 기하급수적으로 불어나고, 노화가 할 일도 매우 늘어나게 된 것이다.

바로 이때, 죽음은 삶의 방식을 바꿔, 새로운 대리인을 내세우고, 총리를 뽑기로 결정한다.

총리 지명의 날, 동서남북에서 온 후보자들과 함께 어두운 궁전의 침묵이 깨졌다. 돌바닥

위에 널려 있던 해골들이 다시 생명을 되찾기라도 한 듯, 아치형 천장, 침실, 복도를 오가는 발소리가 울려 퍼졌다. 왕좌에 앉아 이를 내려다보던 죽음은 자신을 섬기기 위해 한달음에 달려온 수많은 이들을 보고 끔찍한 미소를 지었다. 첫 번째로 온 이들 중에는 '분노'와 '복수'가 있었다. 이들은 군주 앞에 서서 큰 목소리로 각자의 권리를 주장하며 다투었다. '시기'와 '배신'은 맨 뒤의 어둠 속에 자리를 잡았다. '기근'과 '역병'은 '나태'와 '탐욕'을 거느리며 군중 속 매우 편한 자리를 차지한 채 다른 후보자들을 경멸의 시선으로 바라보았다. 그러나 '야심'과 '광신'이 모습을 드러내자 자리를 넘겨줄 수밖에 없었다. 야심과 광신의 뒤를 따르는 행렬이 회의장을 가득 채웠고, 이들은 어서 회의를 시작할 것을 고압적으로 요구했다.

  야심이 말했다. "저는 군주께서 올바른 결정을 내리시리라 조금도 의심하지 않습니다. 하지만 한눈에 봐도 이 직책을 맡을 자격이 있는 유일한 인물이 누군지 알 수 있는데, 헛되이 논쟁을 펼치며 시간을 소모할 필요가 있습니까? 왕좌 앞에 몰려든 이들의 주장이 무엇인가요? 군주께서 내린 일을 이들이 어떻게 수행할 수 있단 말입니까? 아무리 가장 솜씨 좋은 자라 해도, 군대를 호령할 용기 외에 특출한 자질이 없는 병사보다 조금 나을 뿐, 이 제국을 다스릴 능력은 없지요. 이들은 이곳에서 한 명을, 저곳에서 또 한 명을 덮칠 줄은 압니다. 태어날 때부터 당신의 표식이 새겨진 인간이라는 나약한 먹잇감을 붙잡을 줄은 압니다. 그리고 그것이 이들이 가진 쓸모의 한계입니다. 저는 당신의 권력이 가장 미치지 못하는 곳에 있는, 인간 종족 중에서 가장 뛰어난 자들을 당신 문 앞으로 끌고 갈 것입니다. 그들이 가장 젊고 푸를 때, 그들을 꺾어 당신께 다발로 바칠 것입니다. 또, 제게는 너무나도 많은 수단이 있습니다. 저는 검 하나만으로 승리하지 않습니다. 제겐 다른 대리인들이 있습니다. 은밀하지만 강력한 동지들이지요. 광신은 저를 위해 일할 하나의 도구에 지나지 않을 것입니다."

그 말을 들은 광신은 그의 야만적인 머리를 내저으며 광기로 번득이는 눈빛을 하고 죽음 앞으로 나섰다. "저 거만한 자는 제 무기를 빌려 제 깃발 아래 진군할 것입니다. 그렇다고 저자가 저와 견줄 수 있다는 근거가 되겠습니까? 저는 저자와 마찬가지로 국가를 전복시키고, 왕국을 비탄에 빠트릴 수 있을 만큼 강할 뿐만 아니라, 가족 내부로 침투할 수 있지요. 아들을 아비에게, 딸을 어미에게 맞서게 할 수 있습니다. 제 입김으로 충직한 벗은 끔찍한 벗이 되고, 아내가 남편을, 하인이 주인을 배신할 겁니다. 그 어떤 감정도 제게 맞설 수 없을 겁니다. 저는 천국의 깃발 아래서 땅을 지날 것이며, 왕좌는 발밑의 돌과 다름없을 것입니다. 다른 후보자들은 관심을 가질 가치가 없습니다. 분노는 비이성적이고, 복수는 편파적이며, 기근은 산업화에 의해 정복될 것이고, 역병은 변덕스럽지요. 당신의 총리는 언제나 인간 가까이 머물며, 그들의 주위를 맴돌고, 그들을 소유할 수 있어야 합니다. 그러니 야심과 저, 둘 중에서 선택하십시오. 군주께서 망설이셔야 하는 건 저희 둘뿐입니다."

광신이 발언을 마치자 죽음은 두 경쟁자 사이에서 고심하는 듯했다. 그때 문이 열리면서 누군가 등장했다. 기쁨과 건강으로 빛나는 그녀의 모습에 모두가 놀라며 뒤로 물러났다. 발걸음은 산들바람처럼 가벼웠다. 죽음마저 그

녀가 가까이 오는 것을 경계하는 듯했지만, 곧
안심했다. "저를 알아보시겠지요." 수수께끼
의 인물이 죽음에게 말했다. "저는 다른 이들
보다 늦게 왔지만, 제가 총리가 되기 충분하다
는 걸 압니다. 몇몇 경쟁자들은 만만치 않았습
니다. 군중의 감탄을 자아내는 놀라운 공적은
저를 능가할 수도 있겠더군요. 하지만 제게는
여기 있는 모두를 압도할 벗이 하나 있습니다.
그 이름은 바로 '문명'이지요. 수년 안에 그녀
는 이 땅으로 와, 우리와 함께할 것입니다. 한
세기가 지날수록 그녀의 권력은 커지겠지요.
문명은 결국 군주가 내리신 임무를 야심이 수
행하지 못하게 방해할 것입니다. 법이라는 이
름의 제동을 분노에게 걸 것이고, 광신의 손에
서 무기를 빼앗고, 기근을 야만인들 사이로 밀
어 넣을 것입니다. 그녀의 지배 아래 오로지
저만이 세력을 확장하고 번영할 것입니다. 다
른 이들과 그 지지자들은 모든 힘을 잃을 테지
요. 하지만 제힘만은 제가 죽더라도 여전할 것
입니다. 저와 친분을 쌓은 아비가 있다면 제힘
이 그 아들에게로 확장될 것입니다. 인간들이
집결하여 저를 사회로부터 추방하려 들 때, 저
는 그들의 본성을 모조리 바꾸고 종족 자체를

당신의 더 쉬운 먹잇감이 될 수 있게 할 것입니다. 그 효과가 굉장히 뛰어나 노화는 할 일을 잃고, 당신의 궁전은 희생자들로 넘치게 될 것입니다." "더 말할 필요 없네." 왕좌에서 내려온 죽음이 '방종(그녀의 이름이었다)'을 안으며 말했다. "내가 그대를 알고 있으니 충분하네. 내 다른 이들에게는 실속이 있고 중대한 직무들을 맡기지. 모두가 나의 대신이 될 테지만, 부왕이 될 명예는 오로지 그대에게만 주어질 것이네."

1842년 10월 18일
에밀리 브론테

가난한 화가가
고귀한 귀족에게 보내는 편지

  밀로드 남작님께

  이 편지를 양해를 구하는 말로 시작할 수도
있었겠지만, 남작님의 성정을 알고 난 뒤에는
진부한 양해의 말보다는 명료하고 자세한 정
보를 더 좋아하실 거라 생각했습니다. 제가 이
편지를 쓰는 목적은 후원을 요청하기 위해서
입니다. 그리고 다른 누구도 아닌 남작님께 편
지를 쓰는 이유는 경처럼 부유하고 힘 있는 분
께 부와 권력은 가장 하찮은 자질일 것이기 때
문입니다. 만약 경께서 가진 것이 드넓은 땅과
남작이라는 지위뿐이라면, 물론 그렇다 해도
남작님을 존경하는 제 마음에는 변함이 없을
테지만, 그 존경이라는 것은 그것이 처한 상황

처럼 피상적이고 돈으로 매수되는 그런 성질의 마음일 테지요. 제 작품을 주문하신다면 가구나 옷감처럼 팔아넘길 수는 있겠지만, 어리석은 부자에게는 쌀알만큼의 진심 어린 애정이나 티끌만큼의 사심 없는 호의를 가질 순 없을 겁니다. 신분이 높다는 것이 유일한 권위라면 반항심이 들지도 모릅니다. 마음과 지성이라곤 없는 윗사람의 변덕과 무례에 제 자신을 맡기는 것은 불이 붙은 횃불을 들고 화약고로 뛰어드는 것과 같으니까요. 지성으로는 저와 대등하며, 덕성이나 경험으로는 저보다 한 수위이신 남작님을 사심 없는 순수하고 실제적인 마음으로 존경합니다.

저를 후원해주시기 전에 먼저 제 처지와 성정에 대해 상세히 아셔야겠지요. 제가 누구인지, 어떤 상황에 처해 있는지, 그러한 제 처지를 어떻게 받아들이게 되었는지 말씀드리겠습니다.

남작님, 저는 스스로 화가가 되기를 결정한 스물다섯의 청년입니다. 이제 막 로마에서 공부를 마쳤지요. 물감, 붓, 지식, 예술에 대한 사랑 외에는 가진 거라고는 하나도 없이, 연고도 친인척도 없는 이 나라에 왔습니다. 저의 상황은 그러합니다. 위험하고 불확실한 모든 것을 모욕으로 바라보는 일부 사람들에게는 그러한 상황이 얼마나 무모하고, 수상쩍으며, 경멸스러운지 잘 알고 있습니다. 그 위험을 충분히 잘 아는 제가 어째서 이 직업을 선택했을까요? 그토록 많은 사람들이 제풀에 떨어져 나간 길에서 성공하기를 바랄 자격이 제게 있을까요? 이 질문들에 솔직하게 답하겠습니다. 제가 화가의 길로 들어선 것은 그것이 저의 소명이라 믿었기 때문입니다. 제가 성공을 바라는 이유는 앞으로 직면하게 될 모든 방해물에도 불구하고 끈기를 잃지 않을 용기를 제 안에서 느꼈기 때문입니다. 이는 단 한 번도 시험에 들었던 적 없었기에 스스로 용감하다고 믿는 거만한 자의 말이 아닙니다. 저는 불행이 어떤 것인지 압니다. 저는 가장 고약한 형태의 불행을 경험했지요. 이탈리아에서 보낸 사 년이라는 시간은 예술이라는 학문을 공부하는 데만 할애된 것이 아니었습니다. 저는 역경이라는 학교에서 학위를 따내야 했습니다. 그 엄준한 학칙에도 쓰러지지 않았던 것은 추위와 허기가 핏줄을 꽁꽁 얼릴 때마다 예술에 대한 사랑이 열정의 불꽃으로 데워주었기 때문입니다. 아마 경은 이렇게 말씀하실 테지요. "예술을 아무리 사랑해도 최고의 경지에 다다를 수 있는 재능이 없다면 아무짝에도 소용이 없지 않은가?" 남작님, 저는 제게 재능이 있다고 믿습니다. 저를 오만하다고 여겨 화를 내시거나, 자만하다고 여겨 비난하지는 마십시오. 저는 어린아이의 자만심 같은 박약한 감정 따위는 모릅니다. 제가 아는 것은 독립심과 정직함에서 기인한 자신에 대한 존중이지요. 저는 제게 천재성이 있다고 믿습니다.

제 발언에 놀라셨을 줄 압니다. 남작님께선 거만하다 여기실 테지만, 저는 그것을 명료하다 여깁니다. 어떤 예술가도 천재성 없이는 성공하지 못한다는 사실에는 모두가 동의할 것입니다. 예술가에게 꼭 필요한 이러한 자질이 자신에게 있다는 확신 없이 예술에 몰두하는 건 어리석은 일이지요. 그렇다면 이런 확신은 어떻게 얻을 수 있을까요? 인간은 자만하기 쉬우니, 확신을 얻은들 착각일 수도 있지 않을까요? 제가 아는 확실한 방법은 단 하나입니다. 세상 속에서 살아가며, 타인과 자신을 비교하고, 경험이라는 시험을 치르고, 네부카드네자르°의 것보다 열 배는 더 맹렬히 타오르는 가마 속을 지나는 것입니다. 만약 사회의 평범한 납으로 변하지 않고 그 속에서 나올 수 있다면 그것은 우리 정신 속에 천재성이라는 순수한 금이 조금이나마 들어 있기 때문일 겁니다. 밀로드 경, 저는 제 자신을 남과 비교할 생각을 못 한 채 오랜 시간을 보냈습니다. 유년기 동안 제 주위의 대다수와 제가 다르다는 사실은 제게 풀 방법이 없는 난감한 수수께끼와도 같았지요. 제가 다른 사람들보다 열등한 것만 같았고, 그 생각에 괴로워했습니다. 제가 아는 대다수가 제게 보여주는 본보기를 따르는 것이 저의 의무 같았지요. 이러한 본보기는 보통 사람들의 정당하고 신중한 합의에 의해 허가받은 것이었으나, 저로서는 그들이 느끼고 행동하는 대로 느끼고 행동할 수 없는 것만 같았습니다. 박수를 받았던 한 동급생의 행동을 따라 해보았을 때, 저는 꾸중을 들었습니

- 느부갓네살 왕을 말한다. 그가 이끄는 바빌로니아 군대가 예루살렘을 공격해 마을을 불태웠고 이때의 상황을 성경은 '끓는 가마'로 비유해 설명한다.

다. 사람들은 언제나 저를 서투르고 지루한 사람으로 보았습니다. 제가 하는 행동은 언제나 과했습니다. 지나치게 흥분하거나 지나치게 의기소침했지요. 의도하지 않았지만 저는 제 마음속을 훤히 드러냈고, 이따금 그 속에서 폭풍우가 몰아치기도 했습니다. 동급생들의 얼굴에서 엿보이는 가벼운 쾌활함, 차분한 마음가짐이나 칭찬받아 마땅한 것을 따라 해보았지만 헛수고였습니다. 제 모든 노력은 쓸데없는 것이었지요. 저는 제 동맥을 타고 흐르는 혈류의 흐름을 억누를 수 없었습니다. 이 흐름은 딱딱하고 매력적이지 않은 제 얼굴 생김새와 이목구비에 흔적을 남겼지요. 저는 남몰래 흐느꼈습니다. 그리고 열여덟이 되던 해, 비로소 눈이 트이면서 제 영혼 속의 천국을 들여다볼 수 있게 되었습니다. 제가 그토록 감탄해왔던 그 고귀한 차분함을 대체할 만한 내적인 힘이 제게도 있다는 사실을 문득 알게 되었습니다. 마음에 감정이라고 불리는 어떤 것들이 존재한다는 사실을 깨달은 겁니다. 저의 본성 내부의 감정들은 강렬하고 깊어서, 영광스러운 창조물을 기쁘게 하고, 생명력을 부여하고, 건드리는 모든 것의 노예와 주인이 되도록 만듭니다. 때로는 탈진할 정도로 예속되기에 노예와 같고, 때로는 그것으로부터 이루 말할 수 없는 환희를 마음껏 이끌어내기에 주인인 것입니다. 저는 사회를 사랑했었지만, 사회는 저를 냉정하게 밀어냈습니다. 이제 저는 자연을 사랑하고, 자연은 부드럽게 자신의 얼굴을 드러내고, 그것의 고귀한 모습을 응시함으로써 차분한 행복을 이끌어내게 합니다. 저는 제게 더 이상 사람이 필요하지 않다고 여기게 되었습니다. 사막에서도, 숲속에서도 벗을 찾아냈지요. 가장 단순한 것이 실제적인 기쁨을 주었습니다. 기둥에 이끼가 잔뜩 끼고 구부러진 나뭇가지를 가진 오래된 떡갈나무, 둘레로 야생화가 피어 있는 샘, 덩굴로 에워싸여 있고 가시덤불과 가시가 삐쭉 튀어나온 탑의 폐허만 있다면 얼마든지 제 영혼 속으로 가볍게 이동할 수 있었습니다. 그렇게 저는 화가이자 몽상가가 되었습니다.

　스물한 살이 되던 해에 몽상들은 사라졌습니다. 그때 제 귀에 울려 퍼졌던 목소리가 누구의 것인지는 모르겠습니다만, 그것이 제게 말했지요. "꿈에서 깨어나라! 허구의 세계를 떠나 실제의 세계로 들어가라. 일을 찾고, 경험에 직면하고, 투쟁하여, 승리자가 되어라!"
저는 꿈에서 깨어났습니다. 그리고 고독과 제가 즐겼던 몽상에서 빠져나왔고, 고향을 떠나 외국으로 향한 것입니다.

　이탈리아 해변에 당도했을 때, 한줄기 빛이 제 미래를 비추는 듯했습니다. 미래는 온통 불확실했지만 희망 또한 가득했답니다. 마치 경작되지 못한 거대한 밭처럼 희망은 제 앞에 펼쳐졌습니다. 거기에는 아직 밀알 하나 움트지 않았다는 사실을 알면서도 수확을 머릿속으로 그려보았습니다. 용기도, 기백도 없었지만 저는 일을 하기 시작했습니다. 대가의 작품을 볼 때면 제 자신이 너무나 경멸스러워 절망으로 일순간 몸부림친 적도 있습니다. 하지만 열띤 경쟁심이 이러한 일시적인 낙담을 쫓아버렸고, 깊은 열등감 속에서 저는 일을 위한 새로운 힘을 끌어냈습니다. 제 안에 확고한 결심이 탄생하는 순간이었지요. '나는 모든 것을 얻기 위해 모든 것을 해보고 모든 고통을 겪겠다.' 그렇게 저는 피렌체, 베네치아, 로마에서 많은 고통스러운 경험을 해냈고, 제가 가지길

원했던 것을 얻어냈습니다. 바로 회화의 모든 기술적 수수께끼에 대한 내밀한 지식과 예술의 규칙에 따라 길러진 취향입니다. 타고난 천재인 티치아노도, 라파엘로도, 미켈란젤로도, 오로지 신으로부터 받은 그러한 것을 제게 어떻게 줄 수 있는지 몰랐을 겁니다. 창조주로부터 받은 제가 가진 보잘것없는 것과 쓴맛을 중화하기 위해 자비심이 떨어뜨린 달콤한 생명의 강물 한 방울을 제 영혼 속에 소중하게 간직했습니다. 저는 그것을 다른 사람들의 순수한 기쁨에 더할 어떤 것으로 올바르게 사용하고자 합니다.

　남작님, 제가 경의 후원을 요청하는 것은 이러한 능력을 제가 비로소 사용할 수 있도록 하기 위해서입니다. 홀로 경력을 시작할 수도 있겠지만, 그렇게 한다면 앞으로도 수년의 세월을 어둠과 절망 속에서 일해야 할 것입니다. 진정한 가치는 얼마의 시간이 걸리든 끝내 승리할 테지만, 손을 내밀어주는 힘이 없다면 그 성공의 시기란 오래도록 늦춰질 것입니다. 때로는 죽음이 성공보다 앞서 찾아오기도 하지요. 무덤에 월계수 화환을 씌운들 다 무슨 소용일까요?

브론테, 브뤼셀, 1843년 12월 22일. 샬럿 브론테의 「시에
의해 구원받은 아테네」 교정지 끝부분에 샬럿이 그려 놓은
낙서. 에제가 복사한 것으로 추정되는 사본이다. 미국
피어폰트 모건 도서관.

남작님, 만약 이 편지가 너무나 길게 느껴지셨다면 송구합니다. 미처 줄을 세어볼 생각을 하지 못했습니다. 다만 진솔하게 말씀드려야겠다는 일념뿐이었습니다.

당신의 충성스러운 하인
조지 하워드

1843년 10월 17일
샬럿 브론테

옮긴이의 말

　나는 황야에 있었다. 거친 바람에 히스꽃과 머리칼이 정신없이 나부끼는 곳. 그곳에서 브론테 자매들을 만나 그들의 이야기를 살피고, 옮기고, 다듬었다.

　에밀리는 남긴 글이 많지 않아 알아가기 까다로운 상대였다. 그녀의 글은 쉽게 마음을 내주지는 않지만 단단하고 묵직하면서 시원시원했다. 특히 문장들이 구두점 없이 이어지면서 의식의 흐름이 두드러진다. 현실의 이야기를 하다가도 어느 순간 곤달이라는 가상 세계로 넘어가는 것이다. 그 과정에서 대시(dash, —)가 일반적인 쓰임새보다 작가 특유의 호흡을 보여준다고 생각하여 이를 충실히 살렸다. 악보에서 쉼표조차 음악인 것처럼, 소리 내어 읽을 때 작품 안에서 대시의 순간을 음미할 수 있도록 전체 흐름을 고려하여 문장을 배치했다.

앤의 글에는 일상 위주인 에밀리의 일기와 은근히 대비되는 부분이 있어 둘을 비교하는 재미가 쏠쏠하다. 앤의 일기는 형식을 지키면서도 현실 너머의 무언가를 갈망하며 먼 미래를 그리고 있다. 후반부에 추가된 샬럿의 편지는 그 양이 방대해서 어떤 글을 옮길지 정하는 데 시간이 꽤 걸렸다. 여건상 전부 실을 수는 없었기에 브론테 자매들의 소소한 일상이 담긴 글과 에밀리가 세상을 떠난 이후의 글 위주로 엄선했다.

브론테 자매들의 글에는 슬그머니 빠져 있는 문법적 요소를 비롯하여 이곳저곳 공백으로 남아 있는 불확정성이 있어, 타인이 그들의 일상을 깊숙하게 들여다보는 것을 막아선다. 지극히 사적인 그들의 일상을 해석하고 이해하는 데는 한계가 있었지만 무리하게 빈틈을 부연 설명으로 이어가기보다는 빈틈은 빈틈 대로 남겨두고, 설명이 필요한 부분은 주석에서 풀어냈다. 일기와 편지의 특성상 한 인간의 온기와 결이 그대로 담긴다는 점을 생각하여 글자가 들려주는 목소리와 그 목소리를 타고 흐르는 시선을 최대한 옮기고자 했다.

브론테 자매들은 글을 쓰면서 과거를 돌아보고, 미래를 꿈꾸며, 현실을 마주했다. 영원히 사라지지 않을 그들의 시간에 잠시 머무를 수 있어서 감사하다. 그들과 함께한 여정의 시작은 설악산 울산바위 밑자락에서부터였다. 손끝으로 가만가만 글자를 짚어가던 수많은 밤이 지난 지금, 신기하게도 나는 그때와 같은 장소에서 이 글을 쓰고 있다. 시간 여행을 마치고 처음 그 자리로 돌아온 걸까? 나만의 수미상관이라면 수미상관이다. 한없이 즐겁고 행복한 시간이었다. 번역이 풀리지 않아 애먹었던 시간까지도.

　문학번역에 있어서 목소리의 소중함을 가르쳐주신 정하연 교수님, 황야를 함께 걸었던 미행의 편집자 두 분께 감사드린다. 그리고 늘 힘이 되어주는 우리 가족에게 감사와 사랑을 전한다.

2023년 봄
김자영

학부 시절 영문학 수업에서 만났던 에밀리 브론테의 「폭풍의 언덕」의 강렬하고 음울한 분위기와 브론테 일가의 어두웠던 삶을 들여다보았던 기억이 오래도록 마음에 남아 있었다. 연이어 인상적이고 위대한 작품들을 썼지만 너무나 일찍 세상을 떠났던 브론테 자매의 귀한 글들을 프랑스어로 읽게 될 거라고는 상상하지 못했던 터라 번역을 맡게 되었을 때는 개인적으로 매우 기쁘고 설레는 마음이 앞섰다.

『벨기에 에세이』 2부는 아직 대표작들을 출간하기 전, 에밀리 브론테와 샬럿 브론테가 프랑스어를 배우기 위해 벨기에 기숙학교에서 유학하던 당시에 쓴 글들을 모은 것이다. 과제를 봐주었던 에제 선생이 프랑스어로 된 프랑스 작가의 글감이나 주제를 제시하면 자매가 그로부터 원하는 형식으로 에세이를 작성하고, 그것을 에제 선생이 거듭해 첨삭해주었던 것으로 보인다. 모국어가 아닌 서툰 프랑스어로 쓰였기 때문에 다소 거친 부분도 존재하며, 과제였기 때문에 주제와 틀이 존재해 완전히 자유로운 에세이로 볼 수는 없지만 글을 천천히 들여다보면 그 속에 자매의 개성 어린 목소리가 묻어나 있는 것을 발견할 수 있다. 서늘하고 날카로운 통찰력이 엿보이는 에밀리의 글은 형식에 비교적 덜 얽매이며 고집스럽고 뚜렷한 주관과 훌륭한 상상력이 돋보인다. 에제 선생을 짝사랑했기에 그의 눈에 들기 위해 노력했을 샬럿의 글은 짜임새 있고 착실한 모범생 같은 인상을 준다. 동일한 주제로 쓰인 「나비」와 「애벌레」, 그리고 제목까지 같은 「죽음의 궁전」은 자매의 개성을 각각 엿보기에 더없이 훌륭한 자료가 되어준다.

에밀리와 샬럿은 벨기에에서 유학을 마치고 약 삼 년 만에 빅토리아 시대의 주요 작가로 떠올랐다. 물론 어려서부터 꾸준히 글을 써왔으며 작가로서의 자질이 이미 충분한 자매였지만, 구 개월(샬럿의 경우엔 그보다 더 긴)이라는 기간의 벨기에 생활이 자매가 위대한 작가로 성장하는 데 조금이나마 자양분이 되지 않았을지 생각해본다. 아마 그 영향을 짐작해볼 수 있는 가장 직접적인 수단은 이 책으로 국내에 처음 소개되는, 이들의 유학 시절 과제일 것이다. 『벨기에 에세이』를 작업하면서 브론테 자매의 시간을 함께 지켜본 것 같은 기분이 들었다. 이 작품이 독자들에게도 브론테 자매의 작가로의 여정과 전후 작품들과의 연결고리를 들여다볼 수 있는 흥미로운 독서의 시간이 되기를 바란다.

　　2023년 봄
　　이수진

편집 후기

남의 일기장을 훔쳐보는 건 나쁜 일인가? 허락 없이 남의 비밀을 훔쳐보는 행동의 불순함과 그 대상이 개인의 내밀한 기록이라는 점이 더해져 파렴치한 소리를 들을 수 있는 못된 짓이 맞다. 나도 그랬던 적이 있다. 책상 위에 놓인 초등학생 동생의 일기장이 눈에 들어왔고, 망설임 없이 일기장을 펼쳤다. 양심의 가책은 없었다. 처음엔 재밌어 하며 읽다가 갑자기 나에 대한 내용이 나와서 놀라 끝까지 읽지 못하고 일기장을 다급히 덮어버렸다. 뒤늦게 보지 말아야 할 것을 봤다는 뉘우침과 민망함 등이 마음속에서 일어났지만 이미 무를 순 없는 일이었다.

브론테 자매의 일기장을 훔쳐보는 건 나쁜 일인가? 이상하다, 동생의 일기와 달리 작가의 일기는 허락 없이 보는 게 나쁜 일처럼 느껴지지 않는다. 어떤 작가처럼 자신이 쓴 건 모조리 태우라는 유언을 그들이 남기진 않은 것 같다. 그런 유언을 남겨도 금기를 깨기 좋아하는 인간들은 그가 남긴 모든 것들을 찾아내 책으로 만들고, 두고두고 읽기를 실천했다. 자신들의 일기장이 독자들에게 공개된 걸 브론테 자매들이 알게 된다면 기분이 상할 수도 있겠다. 에밀리는 예민한 편이니까. 신의 가호가 있기를.

브론테 자매의 이야기가 담긴 일기와 친구에게 쓴 편지, 에세이 들을 읽는다. 어머니는 일찍 세상을 뜨고, 목사인 아버지와 이모의 보살핌 속에서 대부분 독학으로 자란 브론테 자매. 그들의 일상에 특별함은 없다. 사과 껍질을 벗기고, 산책을 하고, 상상의 세계를 만들어 이야기를 만들고, 글 쓰는 연습을 한다. 생계를 위해 가정교사로 일한다. 학교를 세우려고 직접 학교 안내서까지 만들어 광고한다. 학생들은 오지 않는다. 미래가 희망차기를 바라지만 미래는 불분명하고, 가족의 건강을 기원하던 마음은 결국 죽음을 맞닥뜨리게 된다. 뜻대로 되는 거라곤 하나 없는 청년들이다. 그 뒤로 백 년도 넘게 더 지난 지금 사람들이 기억하는 이름들, 샬럿 브론테, 에밀리 브론테, 앤 브론테의 젊은 시절은 그랬다.

이 책의 기획에서 출간까지 예상보다 긴 시간이 걸렸다. 영어, 프랑스어 두 번역가가 애정과 끈기로 『벨기에 에세이』의 출간까지 함께해주었다. 브론테 자매의 글들을 엮어 소개하는 데 *The Diary Papers Of Emily And Anne Brontë, The Belgian Essays* 등을 참고했다.

미행에서 만든 책들

샬럿 브론테(Charlotte Brontë, 1816-1855)는 영국의 소설가이다. 필명은 커러 벨(Currer Bell). 영국 웨스트 요크셔 손턴에서 패트릭 브론테와 마리아 브랜웰의 셋째 딸로 태어났다. 위의 두 언니가 어린 나이에 세상을 뜨면서 브론테 남매 중 맏이로 자랐다. 1846년 두 여동생과 함께 필명으로 시집『커러 엘리스 액턴 벨의 시 작품들(Poems by Currer, Ellis, and Acton Bell)』을 자비출판했다. 1847년 출간한『제인 에어(Jane Eyre)』가 호평을 받았으며 다른 주요 작품으로는『셜리(Shirley)』,『빌레트(Villette)』등이 있다. 1854년 아버지 교회의 부목사인 아서 벨 니컬스와 결혼하지만, 이듬해 폐결핵으로 세상을 떠났다.

에밀리 브론테(Emily Brontë, 1818-1848)는 영국의 소설가이자 시인이며, 브론테가의 여섯 남매 중 다섯째로 태어났다. 필명은 엘리스 벨(Ellis Bell). 1820년에 온 가족이 하워스로 이사하면서 황야의 매력에 빠지게 된다. 1847년『폭풍의 언덕(Wuthering Heights)』을 출간했다.『폭풍의 언덕』은 출간 당시 반응이 좋지 않았으나 현재는 명작으로 큰 사랑을 받고 있다. 에밀리는 이 작품을 출간한 이듬해 폐결핵으로 세상을 떠났다.

앤 브론테(Anne Brontë, 1820-1849)는 영국의 소설가이며, 브론테가의 여섯 남매 중 막내로 태어났다. 필명은 액턴 벨(Acton Bell). 주요 작품으로『아그네스 그레이(Agnes Grey)』,『와일드펠 홀의 소작인(The Tenant of Wildfell Hall)』등이 있다. 에밀리가 사망한 이듬해 폐결핵으로 세상을 떠났다.

옮긴이 김자영은 서강대학교에서 신문방송학과 경영학을 전공하고 이화여자대학교 통번역대학원 한영번역과를 졸업했다. 현재 전문번역가로 활동하고 있다.

옮긴이 이수진은 성신여자대학교에서 불문학과 영문학을 전공하고 이화여자대학교 통번역대학원 한불번역과를 졸업했다. 옮긴 책으로 『REZA의 포토 저널리즘 강의』, 『내 몸, 과연 내가 그 주체일까?』, 『누가 나르시시스트일까?』, 『만화로 보는 결정적 세계사』 등이 있다.

벨기에 에세이
우리가 함께 쓴 일기와 편지

샬럿 브론테, 에밀리 브론테, 앤 브론테
김자영, 이수진 옮김

초판 1쇄 발행 2023년 8월 25일
초판 2쇄 발행 2023년 9월 25일

펴낸곳 미행
출판등록 제2020-000047호
전화 070-4045-7249
메일 mihaenghouse@gmail.com
디자인 김주화
인쇄 제책 영신사

ISBN 979-11-92004-17-4 03840